최선을 다하면 죽는다

최선을 다하면 죽는다

황선우 × 김혼비

문학동네

차례

황선우

×

포옹과 편지

×

김혼비

혼비씨에게

혼비씨, 라고 처음 불러봅니다. 우리는 몇 차례 만난 적이 있지만 서로를 부를 때는 어디까지나 '작가님'이지요. 작가님 선생님, 이렇게 상대를 높이는 호칭은 깍듯하고 예의바르기는 해도 저는 서로 이름을 부를 수 있는 관계의 대등함이 좋더라고요. 작가님 선생님은 셀 수 없이 여러 명이지만 혼비씨는 유일하기도 하구요. 그러니 친근하게 혼비씨, 라고 한번 불러볼게요.

혼비씨와 서간을 주고받기로 하고, 참고삼아 다른 작가들이 교환한 편지를 묶어낸 책들을 집중적으로 찾아 읽다가 그만 낭패감에 빠지고 말았습니다. 독자의 눈으로는 그분들이 하나같이 가까워 보였기 때문입니다. 오랜 친구인 경우도 있고, 같은 학교를 다녔거나 함께 일을 하기도 했으며, 삶의 어느 시기에 머물렀던 시공간이 겹쳐 함께 쌓은 기억도 적지 않더군요. 그분들은 뚜렷하게 서로 공유하는 경험과 그 해석의 맥락 안에서 인사를 건네고 의견을 묻거나 감정을 털어놓았습니다. 편지가 아니더라도 그들은 각자 이야깃거리가 많아서 이메일이건 문자메시지건 주고받을 테고, 전화 통화를 하다가 당장 나오라며 약속을 잡을 수도 있는 사이로 보였어요. 그걸 확인

한 순간 저는 이 편지를 보내도 될까 싶었습니다. 작가님과 서간을 나눌 정도로 가까운 거리에 내가 있을까? 서로에게 뭔가 묻고 들을 만큼 우리가 친밀하지 않은 사이라는 게 드러나면 어떡하지? 덜컥 겁이 났습니다.

혼비씨에 대해 이런 것들을 알고 있습니다. 우선 이름은 『피버 피치』의 작가 닉 혼비에게서 따온 필명이라는 것. 그렇지만 한글로 발음을 적어두면 어쩐지 '혼비백산' 할 때의 魂飛 같아집니다. 혼이 날아오른다니, 닉 혼비의 힘 뺀 유머 감각과는 반대편에 있는 비장한 느낌이라 두 가지 뜻이 충돌하면서 재미있습니다. 혼비씨는 축구를 보는 일과 하는 것을 다 좋아하는 사람이기도 하죠. 그런데 코로나로 인해 뛰지 못하는 동안에는 실내자전거를 탔다고 했습니다. 등받침이 튼튼한 자전거를 골랐다고는 해도 한 번에 두 시간씩이나 실내자전거를 타다니 대단해요. 그리고 『아무튼, 술』을 쓸 정도로 술을 좋아하지만 절대 없으면 안 되는 건 커피라면서요? 이 점은 저와 비슷하네요. 관리해야 할 물건이 늘어나는 걸 두려워하는 미니멀리스트이지만, 우주와 불상 모티브에만은 관대해서 여러 개의 장식품을 갖고 있다고도 합니다. 저는 그런 카테고리가 수십 가지는 되어서 자꾸만 집에 물건을 들이게 되는 맥시멀리스트이며, 혼비씨가 싫어하는 계절 여름을, 그 더위와 선명함을 특히 좋아합니다. 문득 바라게 되네요. 혼비씨가 자신이 싫어하는 것을 좋아하는 사람을 싫어하지 않았으면 좋겠다고요.

편지를 쓰면서 확인하게 됩니다. 제가 혼비씨에 대해 알고 있는 부분이란 이렇게 얕고 단편적입니다. 친구 사이라면, 그 사람을 지켜보며 나만 알게 되는 점들이 두 사람의 역사 속에 늘어나게 마련일 거예요. 누구에게도 알리고 싶지 않은 면들을 친구에게는 어쩔 수 없이 들키기도 하죠. 그런데 혼비씨에 대해서 제가 안다고 언급한 점들은 대부분 혼비씨의 에세이가 가르쳐주었습니다. 게다가 글에 붙들린 것은 한 시절의 일부일 뿐, 사람은 계속 흘러 변화하지요. 지금 제가 이 편지에 나열해둔 것들을 보고서도 혼비씨는 이럴지 몰라요.

"언니, 그건 지난 학기잖아요."(영화 〈벌새〉의 대사)

저 역시도 어느 독자가 지금까지의 제 글을 부분부분 요약 발췌 언급하며 저라는 사람을 정리해버린다면 어떤 표정을 지어야 할지 난감할 것 같아요. 그건 나이지만 또 내가 아니기도 하니까요.

하고 싶은 말은 제가 어디까지나 혼비씨의 글을 좋아하며 읽어온 독자이고, 더 읽고자 하는 독자라는 얘기였어요. 회사원이기도 한 혼비씨는 어느 인터뷰에선가, 언제가는 글을 쓰지 않고 생활할 수도 있다고 했지요. 본업이 따로 있는 혼비씨에게는 인생의 긴 기간 가운데 에세이를 쓰는 시기가 아주 일시적인 상태일 수도 있다고요. 저는 그 이야기에 큰 충격을 받았습니다. 그런 일만은 없어야 한다고 믿고, 만약 그런 일이 실제로 벌어진다면 한글 사용자들 전체에게 매우 애석한 상실이 될 거라 생각해요. 혼비씨가 쓰는 글을 더 읽고 싶습니다. 제가 수신자를 자처해 혼비씨가 뭐라도 더 쓰게 만들 수 있다면 그건 제가 세상에 베풀 수 있는 틀림없는 선행일 거예요.

산문집 『다정소감』에서 혼비씨는 자신의 글에 패턴이 있다고 썼어요. '뭔가 힘든 시련을 겪고 있다 → 그걸 알게 된 주변 사람들이 다정을 베푼다 → 그 다정을 통해서 회복하고 괜찮아진다'는 유형의 경험이 자신의 글에 소재가 된다고요. 그 패턴이 너무 반복되기에 오히려 글을 쓸 때는 피하게 된다고도 했죠. 그 말도 맞습니다. 그런데 혼비씨의 글을 읽을 때, 저의 눈에 들어오는 다른 패턴의 무늬들도 존재합니다. '어떤 현상이 있다 → 그것을 개탄하거나 일침을 놓는 사람들이 나타난다 → 그 사람들이 오히려 편협하다는 것을 보여준다 → 오해나 편견을 받아온 사람들을 변호하고 옹호한다' 이런 패턴입니다.

혼비씨의 글에는 쉽게 단정짓는 판단, 함부로 폄하하거나 낮춰 보는 시선, 때로는 섣부른 동정이나 연민까지도 점검하고 되돌아보게 붙드는 손짓이 있어요. 그래서 읽을 때 상쾌해지나봅니다. 편안하게 앉아서 관람하며 팝콘 집어먹고 사이다 마실 때의 시원함을 주는 게 아니라, 읽는 내 얼굴이 화끈해지면서 자세를 고쳐 앉게 만드는 그런 글들이에요. 제 안에도 존재하던 어떤 편협함, 치우침, 뾰족함과 완고함이 깨어지기 때문입니다.

혼비씨에게 보이는 첫번째 패턴이 포옹이라면 제가 발견하는 두번째 패턴은 펀치라고 할 수 있을까요. 맞아요, 안아주다가 또 때려주는 혼비씨의 글을 참 좋아합니다. 둔감한 저는 좀처럼 가닿기 어려운 다정함과 예민함이 거기 존재합니다.

안아주고 때려주는 혼비씨의 글은 또 한편으로 웃겨줍니다. 혼비씨는 눈이 흐린 사람들이라면 심상하게 지나칠 장면들을 놓치지 않고 포착하는 유머 사냥꾼입니다. 회사를 계속 다니는 이유에 대해 '퇴근하는 게 너무 좋아서 출근을 멈출 수가 없다'고 설명하다니 이보다 완벽한 답은 없을 것 같습니다. 소주병에서 첫 잔을 따를 때 나는 소리로부터 "똘똘똘똘과 꼴꼴꼴꼴 사이 어디쯤에 있는, 초미니 서브 우퍼로 약간의 울림을 더한 것 같은" 청아함을 포착해낼 때면 가려운 등을 누가 긁어줄 때 같은 짜릿한 미소를 짓게 됩니다(『아무튼, 술』).

게다가 말장난의 빌미가 생겼을 때는 양보 없이 끝까지 밀어붙이죠. 상주 곶감 축제에 가서 곶감 장아찌, 곶감 돈까스, 곶감 육포까지 온갖 음식을 맛본 뒤에 도저히 '곶감당'이 안 된다고 할 때 역시 이 사람은 농담의 기회를 그냥 지나치지 않는구나 싶었어요. 한편 완주 와일드푸드 축제에서는 애벌레 주스와 돼지 코를 먹다가 그만 포기한 참가자를 보면서 "두 명의 몬도가네 벌써 가네"라고 말장난을 치죠(『전국축제자랑』).

혼비씨의 이런 언어유희는 종종 과감한 춤동작 같습니다. 저는 그런 춤을 출 때, 머쓱해 발을 빼기보다 뻔뻔하도록 진지한 사람 앞에서라면 같이 용기를 내서 스텝을 밟아볼 것 같아요. 앞으로의 편지에서 혼비씨를 웃게 만든 일에 대해 들을 수 있을까요? 지루하거나 고된 순간도 많은 일상이지만, 저 역시 혼비씨에게 답장을 쓰기 위해 웃음의 필터로 바라본다면 삶이 훨씬 흥미진진해질지 모르겠어요. 그러다가 심지어 감히 혼비씨를 웃겨볼 수도 있을까 하는 작은 포부를 품어봅니다.

여러 독자들 중에 첫 독자가 되어 혼비씨의 편지를

기다리겠습니다. 아직 충분히 친밀하지 않은 우리의 서신 교환이야말로 이제는 사라진 고전 펜팔의 전통에 부합하는 무언가가 될 것도 같습니다. 글을 통해 만나는 우리는 서로가 보여주는 서로에 대해서만 알 수 있고, 상대가 허락하는 각별함만큼만 쌓아나갈 수 있겠죠. 그건 꽤나 거리를 둔 소통일지도 모르지만 어쩐지 더 안전하게 느껴지기도 합니다. 그리고 조금 떨어진 출발이기에 지금부터 조금씩 가까워질 수 있다는 희망도 느껴집니다. 웃다보면 사람은 각을 잡고 앉아 있던 자세며 근엄하던 표정을 무너뜨리고 옆 사람에게 몸을 기대거나 치기도 하면서 긴장을 풀게 되니까요.

서로를 웃긴다는 건 사람이 사람에게 줄 수 있는 가장 좋은 선물 중 하나일 거예요.

혼비씨, 오늘은 무엇이 당신을 웃게 했나요?

2022년 5월 29일

황선우 드림

김혼비

×

서정적인 몽둥이들

×

황선우

선우씨, 저에게 왜 이러시는 건가요……

"오늘은 무엇이 당신을 웃게 했나요?"라고 질문하시고는 직후에 나온 신간에서는 글로, 진행하시는 팟캐스트에서는 말로 끊임없이 저를 웃기시는 바람에, 저는 이 편지가 자칫 『퀸즐랜드 자매로드』와 〈여둘톡〉 감상문으로 흘러버리지 않도록 정신에 바짝 힘을 주어야 했습니다. 우리들이 주고받는 이 편지의 취지에 부합하려면 선우씨도 이미 다 아는 웃음이 아니라 모르는 곳에서 길어올린 웃음에 대해 이야기해야 한다는 사실을 스스로에게 계속 상기시키면서요. 저 질문을 받을 때만 해도 질문하는 사람과 답이 되는 사람이 이렇게까지 일치할 거라고는 상상도 못 했습니다. 맞아요. 일이 많아서 오직 회사와 집만 오갔던 최근 2주 동안 저를 제일 자주 웃게 한 사람은 선우씨입니다. 심지어 어제는 저 두 매체와는 상관없이 저 혼자 선우씨를 생각하다가 탁자에 얼굴을 파묻고는 한참을 웃었습니다. 오, 그래요. 이건 선우씨도 모를 이야기이니 말해도 괜찮겠어요.

이 이야기는 우리가 서로 망연한 표정을 감추지 못한 채 잠깐 만났던 대선 다음날에서부터 시작됩니다. 앞으로 어떻게 마음을 다스리며 살아야 할지 막막했던 저는 그날 저녁 온라인으로 목탁을 덜컥 주문했어요. 무려 48년 전통의 목탁 장인이 살구나무로 만든 목탁이에요. 요즘도 특히 뉴스를 보고 난 후에 가장 자주 치지만(나무아미타불……) 중요한 일을 시작하기 전 마음의 안정과 용기가 필요할 때도 가만히 치곤 합니다. 선우씨에게 보낼 첫 편지가 더이상 늦어져선 안 된다는 생각에 휴일을 맞아 글을 쓰기 위해 대부도에 갈 때도 가져갔어요. 대부도는 글이나 일이 영 안 풀릴 때 노트북과 일거리들을 싸들고 가는 제 최후의 보루 같은 곳인데요, 지난번에 갔을 때 시원하게 펼쳐진 바다 위로 해가 서서히 지는 것을 보면서 목탁을 조용히 두드릴 때 이루 말할 수 없이 마음이 평온해지는 느낌이 무척 좋았거든요. 그래서 이번에도 바다가 잘 보이는 자리에 앉아 탁자에 목탁을 올려놓고는 호기롭게 노트북을 열었습니다.

아름다운 날이었어요. 선우씨가 편지에서 이야기했던 선명한, 바다는 파랗고, 짙은 녹색의 나뭇잎들이 바람에 흔들릴 때마다 그 위에서 백색의 태양빛이 반짝대는 그런 선명한 여름날이었습니다. 그리고 그곳에서 가장 선명했던 것은 제 노트북, 제 노트북 속 빈 문서창이었어요. 어쩜 그렇게 새하얗던지요. 몇 시간이 흘러 주변 풍경이 선명한 빛을 조금씩 잃어갈 때조차도 문서창만은 아주 단호하게 새하얬습니다. 그 앞에서 저는 무력하게 화면을 노려봤다가, 애꿎은 목탁을 조용히 두드렸다가, 화면-목탁-화면-목탁-화면을 무한반복하다가, 결국 한 자도 못 쓴 채로 역시 못지않게 새하얬을 백기를 흔들며 노트북을 덮었어요. 그때 옆에 있던 박태하가 —친절도 하셔라—저의 하루를 이렇게 요약해주었습니다. "결국 목탁만 치다 가네?"

순간, 선우씨가 첫 편지를 쓰기 위해 부산에 가서 리코더만 불다가 서울로 돌아왔다는 이야기가 그제야 생각났고, 창문 너머로 탁 트인 바다가 바로 보이는 하나씨의 그 멋진 집필실 '바닷재'에 앉아 시크하고 나른한 표정으로 리코더를 불고 있는 선우씨의 모습이 갑자기 머릿속에 그려지는 바람에 그 자리에서 웃음이 터지고 말았습니다. 아아, 대체 글이 뭐길래, 대체 마감이 뭐길래! 한 명은 부산 앞바다에서 리코더를 불고, 또 한 명은 대부도 앞바다에서 목탁을 치고 있는 걸까요…… '글을 쓰기 위해 여기까지 해봤어! 대회'를 연다면 톱티어에 들 잭 런던(침대에서 조금이라도 뭉그적대지 않고 눈뜨자마자 발딱 일어나 글을 쓰려고 침대 위에 역기를 매달아놓고는 그것이 떨어져 자신을 박살낼 것을 상상하며 늘 도망치듯 빠져나왔대요, 세상에)이 한 말, "영감이 떠오를 때까지 기다리기만 해서는 안 된다. 몽둥이를 들고 그걸 쫓아가야 한다"를 생각하면 우리의 소품 선택만은 본능적으로 탁월했던 것 같습니다. 외형적 특징과 잠재적 (역)기능으로 따지자면 리코더와 목탁채는 참으로 몽둥이 같은 물건 아니겠습니까…… 서정적인 몽둥이랄까요.

아니, '우리'라고 묶긴 했지만 사실 제 사정이 훨씬 나았죠. 같은 첫 편지라고 하더라도 선우씨는 아무것도 없는 허허벌판에서 막막한 시작을 해야 했지만, 저는 선우씨의 편지를 뼈대 삼아 답장만 하면 되는 거니까요. 이렇게 쓰고 보니 참 간단한 일인데 왜 시작도 못 하고 물러났을까요. 야심차게 대부도로 향할 때만 해도 제 목표는 A4 두 매였는데 A4는커녕 원고지 두 매도 채우지 못했어요. 바다가 아니라 두 매 산골에 가야 했던 걸까요.

분명 굉장히 부담이 클 걸 알면서도, 아마 그래서 더욱, "제가 첫 시작을 할게요"라고 쿨하게 제 부담까지 덥석 가져가 짊어지셨던 게 두고두고 고마웠어요. 그리고 서간문의 호칭을 "혼비씨"로 정하신 것도요. 병원이나 관공서를 제외하면 일상에서 "~씨"라고 불리는 일이 거의 없거든요. 별명으로 불리거나 혼비야, 혼비+직급/직업명, 언니, 누나, 선배, 자기, 웡웡(feat. 매일 마주치는 옆집 개)으로 불리고 있어요.

사실 한때는 "혼비씨"라는 호칭을 조금 두려워했어요. 아주 오래전에 다닌 회사에 아무도 시키지 않았는데 군기반장을 자처하며 본인의 특기가 '잡도리'라고 자랑스레 말하고 다닌 상사가 있었는데요, 평소에는 "야!" "○○야!"라고 사람을 부르던 그가 누군가를 '잡도리'하기 직전에는 꼭 경칭을 썼거든요. 그의 나지막한 "○○씨" 뒤로는 욕설만 안 들어갔다 뿐이지 욕이나 다름없는 독설이 사정없이 이어졌어요. 그가 어쩌다 "혼비씨"라고 부르면 등골에 화살이 박히는 것 같았고, "혼비씨"가 사실은 "혼비, 야이 씨!"의 줄임말이 아닐까 싶을 때쯤 그 회사를 나왔지만, 그 서늘함만은 계속 남아 있어요. 그래서 선우씨가 부르는 "혼비씨"가 무척 반갑고 특별했어요. 다른 누구도 아닌 선우씨 같은 사람에게 "혼비씨"라고 다정하게 불리다보면 이 호칭 위에 지저분하게 찍힌 옛 상사의 지문들을 싹 닦아낼 수 있을 것 같다는 생각이 들었거든요.

반면에 저에게 선뜻 선우씨를 선우씨라고 부르지 못

하는 홍길동적 모먼트가 꽤 길게 있었다는 것을 고백합니다. 사실 저는 고 설리씨가 26년 연상인 배우 이성민씨를 "성민씨"라고 호칭했다가 크게 논란이 되었을 때 넌더리를 내면서 위아래 나누지 말고 모든 호칭을 싹 다 '~씨'로 바꿔야 한다고 주장하기도 했고, 한국 어린이들은 놀이터나 키즈카페에서 만나 친구가 되었을 때 서로를 뭐라고 부를지('언니'라고 부를지 '야'라고 부를지)를 결정하기 위해 일단 나이부터 따져야 한다는 걸 알고 '아오, 서열이 담긴 호칭 같은 거 다 없어지면 좋겠다!'고 생각했고, 인터넷 커뮤니티에 종종 '저보다 몇 살 어린 사람이 저를 ○○씨라고 부르는 게 너무 기분 나쁜데 제가 꼰대인가요?'라는 글이 올라오는 것을 보면, 제발 국립국어원 표준국어대사전에서 '씨'라는 호칭에 대해 "윗사람에게는 쓰기 어려운 말로, 대체로 동료나 아랫사람에게 쓴다"라고 규정한 부분을 변해가는 시대에 맞게 고쳐 이 혼란을 끝내면 좋겠다고 소망하곤 했는데요.

그러면서도 아주 가끔씩 '~씨'라는 호칭 앞에서 머뭇댈 때가 있습니다. 공식석상에서는 '~씨'라고 부르겠지만, 비공식의 영역 안에서는 그 호칭이 성에 안 차는, 뭔가 더 존경을 담아 부르고 싶은 사람들이 있어요. 이 또한 뼛속까지 한국인이어서 하는 생각이겠죠. 어려서부터 호칭 없이 서로의 이름을 부르는 게 자연스러운 문화권 사람들과는 달리, 어려서부터 한국어 호칭이 상대방에 대한 나의 태도를 담는 그릇으로서 기능하는 것에 익숙해진 저 같은 사람은 머리로는 그렇지 않아도 마음에서는 이게 분리가 칼같이 되지 않는 것 같아요. 이를테면 공식석상에서는 "김연경씨"라고 말하겠지만, 제 마음속에서는 '연경언니' '연느님'인 것처럼 말이에요. 이럴 때 저에게 "김연경씨"는 의미의 누수, 존경심의 누수를 넘어 정체성의 누수가 생기는 단어가 되어버리고 말아요. '언니'나 '선배' 같은 호칭에 이미 새겨진 위계가 싫으면서도, 호칭을 버리는 것이 언어적 평등의 시작임을 알면서도, 나이나 직함과 전혀 관계없이 순수한 존경심을 담아낼 명명법을 찾고 싶은 관습적인 욕망 또한 남아 있어서, 찾다보면 결국 위계적 호칭으로 돌아가게 되는 이 도돌이표. 현재 우리가 갖고 있는 언어 체계 안에서는 존경심을 담는 호칭으로 '언니'나 '선배'의 의미를 확장하는 것 이상의 대안은 없으니까요.

저에게는 선우씨도 그런 사람입니다. 그래서 '선우씨'라는 단어도 저에게는 정체성의 누수가 생기는 단어예요. 얼마 전에 출연하신 팟캐스트 〈책읽아웃〉 '오은의 용기종기'에서 오은 시인이 〈여둘톡〉 이야기를 하며 아랫세대에게 여러 가능성을 계속 제시하고 존재만으로 그들을 안심하게 만들어준다는 의미에서 선우씨와 하나씨를 '어른'이라고 말하는 것을 들었는데(두 분은 그 단어를 무척 조심스러워하셨지만), 저는 그 말에 깊이 동감했어요. 저에게 선우씨는 나이 차이와 관계없이 너무나 어른이고, 너무나 선배이고, 너무나 언니이기 때문입니다.

선우씨가 『사랑한다고 말할 용기』에서 앞서 살아본 50대 여자 선배들의 이야기를 접하기가 쉽지 않다고 안타까워할 때, 저는 저보다 몇 년 앞선 곳에서 선우씨 같은 선배가 꾸준하게 목소리를 들려줘서, "선배들이 (이야기를) 꺼내주지 않는다면 몇 년 뒤에는 내가 먼저 시작해볼지도 모르겠다"라고 쓰신 것처럼 앞으로도 들려줄 거라서, 정말 다행이라고 생각했어요. 그냥 물리적으로 앞서가기만 하는 것이 아니라 기꺼이 뒤따르고 싶은 너른 등이 되어주어서 얼마나 든든한지 모릅니다. 선우씨의 책을 읽고 비로소 "뒤에 올 여성 후배들을 위해서 눈에 보이는 증거가 되는 일"에 대해서도 훨씬 더 고민하게 되었어요. '나도 저런 좋은 어른이 되고 싶다'는 생각을 자꾸 하게 됩니다.

인터뷰어로서의 선우씨도 존경해요. 『멋있으면 다 언

니』를 읽으면서 좋은 인터뷰어가 만들어낸 좋은 대화를 읽는 짜릿함을 매 장 느꼈어요. 인터뷰이가 편하게 이리저리 부려놓은 말과 개별 사례들에서 그 사람의 본질을 꿰뚫는 어떤 핵심을 뽑아 추상화된 한두 단어로 정리하실 때, 반대로 인터뷰이의 말이 다소 추상적으로 흐르는가 싶으면 인터뷰이가 앞서 말한 에피소드 중에서 예시가 될 만한 것을 기가 막히게 끌어와 구체화된 설명으로 풀어내실 때, 아주 살짝 방향을 틀어서 인터뷰이의 다른 관점을 이끌어내실 때, 그 사이사이 위트 넘치는 농담을 잊지 않으실 때 등등, 이런 '킬포'의 순간들 때문에 저의 『멋있으면 다 언니』에는 인덱스 플래그가 아주 빽빽하게 붙어 있어요.

선우씨의 편지를 읽으면서도 그랬어요. 종이편지였다면 분명 또 여기저기 플래그들이 붙었을 거예요. 특히 『다정소감』의 다른 패턴에 대해 정리하신 뒤 "첫번째 패턴이 포옹이라면 제가 발견하는 두번째 패턴은 펀치"라고 쓰신 대목을 읽으면서는 가슴이 벅찼어요. 『멋있으면 다 언니』를 읽을 때만 해도 선우씨와 편지로 대화를 주고받게 될 거라고는 상상도 못 했는데 갑자기 굴러온 이 커다란 행운이 비로소 실감났거든요. 선우씨의 말대로 우리가 나누는 이 시간이 어디로 어떻게 흘러갈지 모르겠지만 저는 이거 하나는 알 것 같아요. (적어도 저에게는) 『퀸즐랜드 자매로드』에서 선우씨가 쓴 마지막 문장 같은 시간이 될 거라는 것을요.

"Keep the Sunshine. 햇살을 간직해."

선우씨가 비추는 빛들을 하나하나 잘 모으겠습니다.

첫 편지다보니 이런저런 배경설명이 좀(좀?) 길었는데요. 이제 슬슬(이제? 슬슬?) "오늘은 무엇이 당신을 웃게 했나요?"에 대한 답으로 편지를 마무리하겠습니다.

오늘 서울로 돌아가기 전 대부도의 '달전망대'에 들렀어요. 통유리를 따라 360도 파노라마 전망이 펼쳐지는데 75미터 높이에서 내려다보는 풍경은 굉장히 멋졌어요. 시화방조제를 사이에 두고 오른쪽으로는 탁 트인 바다가, 왼쪽으로는 안산의 큰 호수인 시화호가 한없이 펼쳐지고, 바로 아래로는 가리비를 닮은 안산의 작은 무인도 큰가리섬 내부가 자세히 보이고 저멀리로는 송도까지 조망할 수 있는, 아주 호쾌하게 아름다운 곳이었어요. 가만히 밖을 바라보는데 저절로 상상이 되더군요. 저를 동그랗게 감싸 안고 있는 이 모든 풍경이 서서히 석양빛에 물들고 서서히 내려앉는 어둠에 조금씩 지워지다가 넓은 하늘에 달만

덩그러니 남은 채로 통유리 한가득 달빛이 쏟아져들어오는 장면이요. 과연 '달전망대'라는 이름에 걸맞은 공간이었어요.

상상만으로도 황홀해진 저와 박태하는 여기 안 들렀으면 큰일날 뻔했다, 오늘은 이만 가야 하지만 다음에는 꼭 늦은 오후에 와서 늦은 밤까지 가만히 앉아 저 모든 과정을 지켜보자, 아니 당장 다음주에 또 올까, 이런 이야기를 열띤 목소리로 주고받으며 신나서 1층으로 내려왔다가, 출구 앞에 세워진 판넬을 보고 깜짝 놀라고 말았습니다.

[운영시간 안내—10:00~18:00, 입장마감은 17:30입니다]

뭐라고? 아니, 다른 곳이면 몰라도 '달전망대' 운영시간은 저러면 안 되는 것 아닌가요? 이게 무슨 〈아침마당〉이 심야에 정규 편성되고 〈6시 내고향〉이 4시에 방영되는 소리인가요…… '부재를 통한 존재의 증명!'이라는 난데없는 고차원적인 의도를 갖고 만든 건물……이라고 하기에는, 전망대 한쪽에 '포토존'이라고 해서 밤하늘처럼 짙은 푸른색으로 칠한 벽 위에 아주 크고 노란 보름달 모형을 매달기까지 했는걸요.

집에 오는 길에 몇 번의 검색으로 2020년 초까지는

밤 10시까지 운영했다가 최근 2년 반 동안 코로나로 인해 임시로 6시까지만 운영한다는 걸 알고 조금 숙연해지기 전까지 우리는 '달전망대'의 아이러니를 가지고 온갖 패러디를 만들며 한참을 웃었습니다. 그래도 참 다행이에요. 언젠가는 그곳에서 진짜 달을, 태양이 퇴장하면서 하늘과 바다에 벌이는 일들을 볼 수 있을 테니까요. 그리고 분명 이 문장과 함께 선우씨 생각도 하게 될 것입니다.

Keep the Moonlight. 달빛을 간직해.

문득 궁금합니다. 선우씨는 요즘 어떤 웃음의 빛들을 간직하는 중인가요?

2022년 7월 22일

김혼비 드림

다른 누구도 아닌 선우씨 같은 사람에게

“혼비씨”라고 다정하게 불리다보면

이 호칭 위에 지저분하게 찍힌 옛 상사의 지문들을

싹 닦아낼 수 있을 것 같다는 생각이 들었거든요.

황선우

×

수평 자세로 가야 누워 보는 세상

×

김혼비

혼비씨,

여름의 한가운데를 통과하는 중입니다. 한낮 체감온도가 체온을 훌쩍 넘고, 길가의 능소화며 무궁화 꽃송이들이 먹다 떨군 하드같이 길바닥에서 녹는 한여름. 불과 몇 시간 전 자전거를 타고 외출했는데 습기로 가득해진 공기가 더는 못 버티겠다는 듯 소나기를 퍼붓기 시작하는 바람에 집으로 돌아갈 방도가 난감해지는 날들입니다. 햇살을 사랑한다고 공공연히 밝힌 저입니다만 이런 습도와 결합한 땡볕까지 끌어안기란 쉽지 않습니다. 맥락을 떼어놓고 'Keep the Sunshine'이란 말을 꺼내면 이 무슨 더위 먹으라는 소리냐는 푸념을 듣겠죠.

햇볕이 광포해지는 이 시기가 오면 어릴 때 엄마나 할머니가 무슨 계절의 비법이라도 되는 양 하시던 말이 떠오릅니다.

"가마~~~ 있으므 마, 한개도 안 듭다."

제가 나고 자란 경상도 남부 지역 사투리로 '가만히 있으면 하나도 안 덥다'는 뜻이에요. '가만히'의 뒷발음을 닫아 마무리하지 않고 길게 끄는 표현, 그리고 '한개도'의 앞에 가파르게 찍히는 악센트가 강조를 표현합니다. '마'는 분위기를 거드는 부사인데요, 단독으로는 '그냥', 뒤의 부정어인 '한개도'와 결합해서는 '전혀' 정도로 해석할 수 있겠네요. 불볕더위 속일수록 바지런히 뭔가를 하려 들 때면 용이 쓰이니 움직임을 최소화하면 더위를 덜 느끼게 된다는 어른들의 말은 자연에 순응하는 지혜를 담고 있지만, 하고 싶은 일이 너무 많은 아이에게는 더 열받게 만드는 소리였죠. 먹을 것이 넉넉하지 않던 부모님 세대에는 금방 배 꺼지니까 뛰어다니지 말라는 말도 들었다고 하는데, 제가 자랄 때만 해도 끼니 걱정은 없었지만 집집마다 에어컨이 있지는 않았으니까요. 그야말로 물자가 부족하던 시대에 적응한 서민의 생존 방식인 셈입니다.

물리적 결핍이 상당히 해결된 2022년의 환경 속에서도 이런 이야기를 몸소 실천하는 존재들이 저와 함께 살고 있어요. 바로 고양이들입니다. 동그랗게 몸을 말고 자거나, 팔다리를 추욱 늘어뜨린 채 바닥에 뒹굴대는 모습을 보면 저들의 지혜로움을 본받아 나도 되도록 가만히 있어야겠다고 마음먹게 됩니다. 더위 속에서는 수평 자세로 누워서 에너지를 비축하는 시간이 필요하다는 걸, 그렇게 애써 쉬는 시간을 확보하지 않으면 여러 일들이 사람을 조금씩 갉아먹는다는 사실을 살수록 실감합니다. 눈을 꼬옥 감고, 햇살이 스며들면 앞발로 양 눈을 가린 채 어떻게든 하루에 20시간쯤은 수면 시간을 확보하는 고양이들이란 '쉼'을 생명체로 형상화한 모양새 같아요.

햇살 이야기가 나와서 말인데, 얼마 전에 저는 본의 아니게 햇살과의 사투를 벌였습니다. 부산 출장을 가서 김하나 작가 본가에서 1박을 할 때였죠. 출장의 용무는 『빅토리 노트』 북토크 사회를 보는 일이었어요. 김하나 작가의 어머니인 이옥선 작가님이 딸을 다섯 살까지 키우면서 쓴 육아일기에 현재 모녀 시점의 코멘트를 붙이고, 또 최근의 노년 생활에 대해 쓴 에세이를 모은 책입니다. 북토크에서 독자들과 같이 호흡하며 대화를 주고받은 뒤의 감정적 고양 상태가 쉽게 사그라들지 않는다는 것을 혼비씨도 알 거예요. 더구나 그날은 이옥선 작가님의 이야기에 박수가 몇 번이나 터졌는지 몰라요.

1948년생으로 현재 70대인 이옥선 작가님은 세태를 예리하게 읽어내고 신랄하게 비판하면서도 일상의 작은 부분들에서 즐거움을 찾아 만족하는 건강한 관점을 갖고 있습니다. 완벽한 집을 유지하는 데 가사노동의 목표를 두지 말고 좀 부족한 수준에서 멈춰도 된다, 식기세척기, 로봇청소기를 구입해서 사용하고 대신 자신의 시간을 누려라, 정부는 산아제한을 할 땐 언제더니 또 저출생을 여성들의 책임으로 돌리냐…… '독박육아'나 '산후우울증'이라는 말조차 존재하지 않던 시대를 온몸으로 통과하며 아이 둘을 키운 분이 직접 하는 이야기에 독자들의 호응은 참 뜨거웠습니다.

행사를 마친 뒤 스태프들 일부는 돌아가고, 출판사 대표인 B님, 그리고 북토크 장소였던 서점의 유튜브 담당자인 D님이 뒤풀이에 함께했어요. 그날 아침 서울에서 KTX를 타고 부산으로 온 D님은 꽉꽉 들어찬 열차와 부산역의 인파에 놀랐다며 말했습니다.

"서울 인구의 50분의 1은 이번 주말 부산에 와 있지 않을까요?"

저는 생각했습니다. '서울 인구가 1천만 명 정도 되니까 50분의 1이면 20만 명인가?' 그리고 의아했습니다. 보통 이럴 때는 '서울 인구 절반은 부산에 온 것 같아요'라거나 '서울 사람들 백만 명은 부산에 온 것 같아요' 하는 식으로 과장과 허풍을 섞지 않나요? 50분의 1이라는 숫자가 미묘하게 정확해서, 아니 정확을 지향해서 저는 자꾸만 20만이라는 숫자를 고찰하게 되었습니다. 여름 성수기의 1일 KTX 배차 편수와 수송 가능 인원은 몇 명이며 그중 종착역인 부산역과 행정구역상 부산광역시인 구포역에서 하차하는 승객은 몇 퍼센트일까? 부산 시내의 호텔 등 숙박 시설 최대 수용 인원은? 부산을 방문중인 관광객 중 서울 외 타 지역에서 온 사람들의 비율은? 솔직히 서울로 돌아온 오늘까지도 계속해서 이 문제에 대해 생각을 멈출 수가 없습니다. D님은 어째서 쉽게 과장하고 허풍을 떨지 않아서 사람을 이렇게까지 신경쓰이게 하는 것일까요? 미묘한 의문을 남겨둔 채 D님은 KTX 막차를 타러 떠났습니다.

혼비씨는 들어보았나요? 부산 택시 기사님들에게 "KTX 타러 가야 하는데 늦었어요!"라고 외치면 질주를 부르는 마법의 주문이 되어서 어떻게든 시간을 맞춰준다는 도시 전설이 있어요. 그 전설을 굳게 믿은 D님은 지난번 부산에 왔을 때 아슬아슬한 시간에 택시에 올라타 외쳤다고 합니다. "기사님, 10시 50분 KTX 타러 가야 하는데 늦었어요!" 기사님은 차분하게 이렇게 답했다고 하네요. "안 됩니다. 지금이라도 열차 취소하시는 게 어때요, 손님?" 그 도시 전설은 과장과 허풍이었던 것일까요. D님은 그날 부산역 앞 호텔에서 밤을 보냈다고 합니다.

참, 햇살 이야기를 하려고 했었지요. 과장과 허풍을 모르는 D님을 보내고, 늦은 시간 집으로 돌아와서도 흥을 이어 맥주를 몇 캔 마신 김하나 작가와 저는 새벽이 되어서야 잠들었어요. 주인공도 아니면서 왜 그랬냐구요? 바로 그 점이 지금도 의문입니다. 우리는 흥을 낼 기회가 쌀한 톨만큼 주어져도 밥 한 솥을 지어내는 사람들인 것입니다. 잠들 땐 미처 알지 못했죠, 커튼 없는 그 방이 동향이라는 사실을. 그리고 7월 부산의 일출 시간은 새벽 5시 33분이라는 것을…… 미처 세 시간도 못 자고 뜨는 해를 온몸으로 흡수하게 된 저는 오직 더 자고 싶다는 열망으로 이불을 얼굴에 덮었다가(숨이 막히고 몹시 더웠습니다), 이불 한 자락을 끌어다가 눈만 덮었다가(밝은색 홑이불이라 효과가 없었습니다), 이불을 포기한 채 양손으로 눈을 가렸다가(은근히 집중력을 요하는 자세라 잠이 달아나기 시작했습니다), 잠이 좀 깬 김에 여행가방을 뒤져 선글라스를 꺼내 썼다가(아무 소용이 없었습니다. 당연하죠. 선글라스는 눈뜬 사람을 위한 것이니까요) 결국 한쪽 팔의 전완 안쪽, 그러니까 손목부터 팔꿈치까지로 눈을 가리는 자세가 가장 편안하다는 결론을 내리고 정착했습니다. 소름 끼치게도, 정확하게 고양이들이 햇볕 속에서 쉴 때 눈을 가리는 자세였죠. 하지만 인간의 팔은 고양이만큼 완벽히 설계되지 않아서 얼굴에 밀착되지가 않더군요. "태양과 싸워 이겨라!" 1990년대 자외선 차단제 광고 문구 같은 상황에서 저는 처참히 패배하고 말았습니다. 역시 고양이들은 쉼계의 털복숭이 현자들임을 확인하며, 다음에 출장을 갈 때는 안대를 꼭 챙겨야겠다고 마음먹었습니다.

『빅토리 노트』에서 이옥선 작가님은 노자의 사상을 인용해 '최선을 다하면 죽는다'고 경고했습니다. 다 같이 잘사는 사회를 위해서는 지나친 열심과 부지런을 금지하고 대신 한 템포씩 느리게 가자고 이야기합니다. 저보다 한참 오래 산 선배가 조금 느긋해도 된다고 얘기해주는 게 참 마음이 놓여요.

저는 혼비씨를 비롯해서 누구에게도 아직 '어른'으로 본을 보일 사람은 아니지만 적어도 여러 번의 여름을 보내고 나서 알게 된 것들이 있습니다. 이렇게 가마~~~ 있다보면 1주일 뒤, 길어도 2주일 뒤에는 이렇게까지는 덥지 않게 된다는 것. 그러다보면 또 금세 바람이 서늘해진다는 것, 나뭇잎들이 초록을 잃어가다가 문득 여름의 선명함이 그리워진다는 것을요. 그렇게 몇 차례의 여름과 겨울이 둥글게 순서를 돌고 나면 도저히 가만히 있질 못하고 뛰어다니며 땀을 삘삘 흘리던 아이들도 어느새 어른이 되어 이런 말을 하고 있을지 몰라요. "느그, 가마~~~ 있으므 마 한개도 안 듭다." 그런 의미에서라면 저는 어른이 된 것도 같습니다.

이번 편지는 리코더로 도망치지 않고 완성한 걸 보면 역시 처음이 가장 어려운가봐요. 언제 우리가 같이 저녁이라도 먹는 날 혼비씨의 목탁을 한번 구경할 수 있을까요? 오해를 피하기 위해 되도록 회색 아닌 옷을 입고 나가겠습니다. 그런데 혼비씨의 회사 동료들은 목탁의 존재를 알고 있나요? 혹시 사무실에서 가방을 열었다가 그것을 들키게 되면 난처하지는 않을지 걱정이 되네요. 하나씨의 우쿨렐레와 저의 리코더로 종종 같이 연주하는 '서울 사이버 음악대'에는 타악기 파트가 비어 있는데, 혹시 혼비씨를 피처링으로 초대해보면 어떨까 하는 생각도 듭니다. 〈반야심경〉 말고도 함께 연주하기에 괜찮은 곡이 있을지 찾아볼게요. 물론 여름에는 목탁을 쥔 손에도 땀이 차니까 조금 시원해지고 나서 말이죠.

추신.

이후 D님에게서 따로 연락을 받았습니다. 부산시에서 발표한 분기별 관광지 방문객 수 통계를 근거로 주당 방문객 수를 추정하면 여름휴가철 성수기 가산 수치를 적용해 20만이라는 숫자를 검증하는 내용이었죠.

스스로의 인구 두드려맞히기 능력에 대해서까지 정확을 지향하는 D님이었습니다.

2022년 8월 1일

황선우 드림

더위 속에서는 수평 자세로 누워서
에너지를 비축하는 시간이 필요하다는 걸,
그렇게 애써 쉬는 시간을 확보하지 않으면
여러 일들이 사람을 조금씩 갉아먹는다는 사실을
살수록 실감합니다.

김혼비

×

왓츠 인 마이 약

×

황선우

여름의 한가운데를 통과해서 도착한 선우씨의 편지에 입추가 지난 가을의 문턱에 앉아 이렇게 답장을 씁니다. 물론 기온은 입추의 여지도 없이 여전히 30도를 넘어서 있고, 다른 사람보다 추위를 잘 타는 저는(그런 주제에 여름보다 겨울을 더 좋아하는 건 왜일까요) 에어컨이 가동하는 사무실이나 지하철에서는 준비해간 겉옷이나 후드티를 입고도 조금씩 떨다가, 집에 오면 되도록 에어컨을 틀지 않으려고 선풍기로 버티면서 땀을 잔뜩 흘리는 날들을 보내고 있지만요. 그래서 어쩌다 주말에 종일 집에서 일할 땐 하루에 샤워를 두 번씩 하고야 마는데요. 가끔씩 에어컨을 일정 시간 켜는 것과 두 번의 샤워로 물을 두 배로 소비하는 것 사이에서 고민하곤 합니다. 음식마다 열량 표시가 붙어 있듯이, 어떤 행위가 지구에 끼치는 피해량을 누군가가 '유해지수' 같은 수치로 환산해서 일일이 알려주면 좋겠다는 상상을 하면서요. '21도 냉방으로 에어컨 한 시간 틀기'의 유해지수는 몇, '33도 물로 샤워 오 분 하기'의 유해지수는 몇, 이런 식으로요. 그렇다면 의외로 '에어컨 n시간 가동이 샤워 두 번보다 지구에 덜 유해하다' 같은 정확한 근거 아래 에어컨을 n시간 틀고 샤워를 하루에 한 번 하는 것으로 조절할 수 있을 텐데요.

기후위기는 언제나 가장 시급한 문제이지만 유독 여름에 더 피부로 느끼게 되는 것 같습니다. 올여름 지구의 일부를 덮친 40도 넘는 폭염과 더이상 '장마'라는 이름으로는 담아낼 수 없는 현상이 되어버린 폭우의 피해를 보며 무척 가슴 아프고 두려웠어요. 언젠가는 '여름'이라는 이름으로는 도저히 담아낼 수 없는 계절도 올 것만 같습니다. 이미 와 있을지도 모르겠어요.

그래도 가장 무더웠고, 4차 백신 접종으로 컨디션이 바닥을 치던 시기를 "가마~~~ 있으므 마, 한개도 안 덥다" 정신으로 잘 넘겼습니다. 선우씨가 짐짓 언어학자처럼 풀어 써주신 설명을 읽으며 잔잔하게 웃음이 터졌는데, 어느새 홀린 듯이 선우씨의 가이드대로 억양을 넣어 따라 해보고 있더군요. (얼마 전 또 한번 레전드를 찍은 〈여둘톡〉 '사투리 특집'도 아주 큰 도움이 되었습니다.) 따라 할 때마다 비단 여름이 아니라 삶 전반에 대고 하는 격려의 말처럼 느껴져서 슬그머니 힘이 돋기도 했습니다. 저는 특히 앞에 가파르게 악센트를 찍어 '한개도'를 발음하는 순간이 너무 좋습니다. 목소리로 신나게 활강하는 기분이 들어요. 그러면서 더욱 이런 생각이 들었습니다. 지금 태어나는 아기들이 어른이 되어서도 이 말을 여름마다 꼭 쓸 수 있으면 좋겠다는, 아기들에게 가만히 있으면 한 개도 안 더울 수 있는 여름의 가능성을 물려주고 싶다는 생각이요. 정말 누군가 '지구 유해지수 계산앱' 같은 걸 꼭 만들어주면 좋겠습니다.

선우씨의 20만이라는 숫자 고찰을 보면서 억~~~쑤로(자연스러운가요? 하지…… 말까요?) 웃었습니다. 저와 함께 사는 박태하가 너무나 D님 같은 사람인데다가, 자기 같은 사람의 미묘하게 정확한 말을 들으면 선우씨처럼 그 생각을 멈출 수 없는 사람이어서예요. 게다가 선우씨와 D님이 부산에 있던 시기에 마침 제가 부산시립미술관에서 강연을 하게 되어서 저희도 부산에 있었고, KTX와 부산역 인파를 일부 목격했거든요. "서울 인구의 50분의 1은 이번 주말 부산에 와 있지 않을까요?"라는 D님의 말을 저녁 식탁에서 제게 전해 들은 박태하는 "50분의 1이면 20만…… 20만은 좀 많지 않나?" 하더니 이내 다음과 같은 생각회로에 빠집니다.

1) 서울 인구 1천만에 총 25개 구, 이걸 나누면 구별 평균 인구가 40만인데, 한 구 인구의 절반이 그날 부산에 있었다? 잘 안 와닿네……

2) 그래, 우리 아파트 단지가 1000세대쯤 되잖아. 세

대별 가구원 수는 다를 테지만 세대 수 기준으로 따져도 비율은 비슷할 테니 그건 무시하고, 그렇다면 이 아파트 단지의 20세대가 부산에 있었다? 가능할……지도?

3) 왜, 우리 자랄 때 한 반에 50명쯤 있었잖아. 그럼 반에서 한 명 정도가 7월 성수기에 부산에 가 있다? 충분히 있을 수 있지 않나?

4) (한참을 노트북으로 검색하다가) 으아, KTX 서울-부산 구간 이용객 수 통계 찾기 되게 힘들다!

5) 근데 잠깐, D님의 말씀도 두 가지 의미로 해석할 수 있는데, '서울에서만 서울 인구의 50분의 1이 왔다'는 의미일까, 아니면 '서울 인구의 50분의 1에 해당하는 숫자'를 은유로 사용하셔서 '전국 각지에서 서울 인구의 50분의 1에 해당하는 숫자의 사람들이 왔다'는 의미일까? 전자일 확률이 높긴 한데……

정말…… D님과 전화 통화라도 하게 해주고 싶었습니다. '지구 유해지수 계산앱'을 누군가 실제로 만든다면 D님과 박태하 같은 사람이 아닐까요. 이런 사람들이 조선시대에 숫자까지 콕 집어 '십만양병설' 같은 걸 주장하고 그랬던 게 아닐까요. 박태하는 이를테면 정유정 작가님의 소설 『28』을 읽으면서도 소설 속 배경인 수도권 인근 도시 화양시 인구가 29만이고 4개의 구로 나뉜다는 설정을 보고 "광역시가 아닐 경우 시 인구가 50만은 돼야 구 설치 허가가 떨어지는데…… 심지어 50만이어도 구는 2개로 나뉘지 절대 4개까지는 될 수 없는데……"라며 못내 신경쓰여 좀처럼 진도를 나가지 못하기도 하고(물론 끝까지 잘 읽었습니다), 평소에도 두루뭉술하게 '4~5일 정도'라고 말하는 대신 '117시간 정도'라고 말하기를 선호하는 편인데, 이런 정확을 지향하는 성향이 종종 저까지 미묘하게 계속 신경쓰이게 만들 때가 있습니다. 선우씨가 D님의 말에 마음속으로 구포역까지 배회하셨던 것처럼요. 하지만 이런 미묘한 신경쓰임, 미묘해서 은근히 재밌지 않나요? 저는 선우씨도 그 과정을 십분 즐기는 것같이 보여 읽으면서 더 즐거웠습니다.

그리고 때로는 그렇게 옆에서 찾아주는 정확함에 과녁처럼 관통당하기도 합니다. 한번은 제가 당시 같이 프로젝트를 진행중이던, 아주 하는 짓마다 주변에 민폐를 흩뿌려 얄밉기 그지없는 모 계열사 팀장에 대해 투덜거리는 걸 한참 듣던 박태하가 불쑥 질문을 던졌어요. "근데 '얄' 자를 붙이는 게 정말 맞아?" 얄? '얄' 자를 붙이는 게 맞냐고……? 이게 무슨 얄리얄리얄라셩처럼 뜻 모를 말인지 잠깐 멍했던 저는 이윽고 질문의 의미를 알아챔과 동시에 크게 깨달았어요. 제가 '얄밉다'는 표현을 쓰는 많은 경우, 사실은 그 대상이 미웠던 것인데 미움이라는 감정을 받아들이기가 두려워서, 누군가를 미워하는 사람이 되고 싶지 않아서, '밉다' 앞에 '얄' 자를 붙인다는 것을요. 미워하는 게 정당한 순간에도 '얄' 자를 붙여 상황을 귀엽고 사소한 것으로 만들어 대충 넘어갔고, '밉다'보다 한 단계 낮은 '얄밉다'로 감정의 수위를 낮춰 또 대충 넘어갔다는 것을요. 선우씨의 책 제목인 '사랑한다고 말할 용기'와 정확히 반대 선상에 있는 '미워한다고 말할 용기'를 저는 내지 못했던 거예요. 그것은 제 친구의 회사 대표가 직원들이 무언가를 정식으로 요구하고 간절하게 호소하는 것을 '징징댄다'라는 표현으로 가볍게 넘겨버리곤 하는 것과도 비슷한 행위여서 저는 약간 자괴감마저 느꼈습니다.

한 번에 되지는 않았지만, 언젠가부터 제 말 속에서 얄짤없이 '얄' 자를 없애고, '얄' 뒤에 숨어 있던 미움과 대면하면서, 미움을 미움 그대로 받아들여야 그 미움을 비로소 해소할 수도 있다는 것을 알았어요. 그동안 충분히 해소될 수도 있던 미움들이 '얄' 자에 막혀 오히려 쌓여가고 있었던 거예요. 그러니까 미워할 용기는 미워하지 않을 용기, 나아가 사랑할 용기의 시작점이기도 하다는 것을 배웠습니다. 물론 미움을 꼭 버려야 할 나쁜 것이라고 말할 수는 없지만 갖고 있으면 있는 만큼 저의 에너지와 감정을 소진시키는 건 분명하니까요. 꼭 품어야 할 미움만을 정확하게 골라내고 나머지는 계속 버리고 싶습니다. 앞으로도요.

그렇게 마음을 가다듬는 데에 요즘 꽤나 큰 기여를 하는 목탁을 선우씨가 보고 싶다고 하셔서 지금 저도, 목탁도 조금 흥분한 상태입니다. 심지어 '서울 사이버 음악대'의 피처링이라니, 세상에. 만약 성사된다면 제 삶에 흔적기관처럼 존재하는 제 음악인생에 가장 큰 성취가 될 거예요. 제 회사 동료들은 한 명을 빼고는 목탁의 존재를 모르지만, 들켜도 난처하지 않을 자신이 있습니다. 간밤의 술자리에서 남은 소주를 가방에 병째 챙겨놓고 그 가방을 그대로 들고 출근했다가 동료들의 복잡한 얼굴을 몇 번 마주하면서(한 병까지는 그래도 괜찮은데 1차와 2차에서 각각 챙긴 두 병이 들어 있는 날에는 유독 복잡해 보이더군요……) 배짱이 두둑해졌기 때문입니다. 소주병에 비하면 목탁은 얼마나 건전한 물건인가요. 알고 보면 두 개 다 청아한 소리를 내는 물건이라는 점에서 궤를 같이 하지만 말이에요.

홍콩에서 회사를 다니던 시절, 출근길 집 앞 계단에서 휴대폰을 떨어뜨리는 바람에 액정이 대차게 나간 적이 있습니다. 검은 화면 위로 얼핏 보면 영화 〈매트릭스〉 배경처럼 보이는 초록색 줄들이 사이버틱하게 그어져 있었어요. 속상한 것도 속상한 거지만, 무엇보다 시간을 볼 수 없다는 것에 당황한 저는 급히 집으로 들어가 시계를 찾았는데, 오래 방치해둔 손목시계는 멈춰 있었고, 당시 제 침대가 헤드 프레임에 조명, 콘센트, 전자알람시계가 고정적으로 부착되어 있는 제품이어서 탁상형 알람시계를 따로 장만해두지도 않았어요. 집안에 휴대폰 시계를 대체할 만한 게 이다지도 없다니(같은 용도의 물건을 여간해서는 두 개 이상 들이지 않는 미니멀리스트의 시련) 더욱 당황한 저는 그냥 갈까도 생각해보았지만, 그때그때 시각을 확인할 수 없는 것은 너무 큰 공포여서(약속한 시간에 일 분이라도 늦으면 세상이 무너진다고 생각하는 시간강박자의 시련) 급한 대로…… 벽에 걸린 커다란 벽시계를 떼어 가방에 넣고 서둘러 집을 나섰습니다.

그날은 마침 사무실이 아니라 외부 미팅처로 곧바로 출근해서 오후까지 미팅이 줄줄이 있는 날이었는데요. 미팅 사이사이 지하철을 타고 이동할 때마다 가방을 뒤적이는 척 신중히 연기하며 가방 속 벽시계로 시간을 틈틈이 확인하곤 했어요. 시계가 크니까 시원시원하니 좋긴 참 좋더군요. (분침 끝을 보려고 가방 속에서 살살살살 시계를 돌릴 때는 은밀한 재미를 느끼기도 했습니다.) 오후 늦게야 사무실로 돌아온 저는 긴장이 풀리면서(사무실은 모니터 화면부터 시작해서 각종 시계들이 있는 천국이었으니까요!) 가방 단속에 잠시 소홀하고 말았고, 미팅중에 가방 틈으로 삐져나온 벽시계를 발견한 몇몇 동료들의 얼굴 위로 적나라한 '?????'라는 메시지가 일제히 떠오른 것을 보고 혼자 웃음이 터지는 바람에 회의를 주관중이던 팀장 눈에까지 띄어 벽시계의 사연을 들은 팀장이 당장 휴대폰을 고치라고 회의에서 절 빼주었던 게 오랜만에 생각났습니다.

그러니 너무 걱정하지 마세요. 저는 벽시계도 들켜본 사람이니까요. 벽시계에 비하면 목탁은 얼마나 가방 속에 하나쯤은 들어 있을 법한 물건인가요. 고백하건대, 선우씨의 편지를 받은 날 집에 돌아오자마자 시험삼아 마음 가는 대로 목탁을 쳐봤다가 살짝 놀라버렸습니다. 『전국축제자랑』을 쓰기 위해 축제장을 돌아다니며 무수히 마주쳤기 때문일까요. 제 안에 어느새 품바의 바이브가 심어져 있더군요. 사실 저보다 더 깜짝 놀란 것은 목탁일 것입니다. 자신이 이런 방식으로 다루어질 줄 상상이나 했을까요. 어쩌다 이 목탁은 절이 아닌 저희 집에 와가지고는 이렇게 잔망스러운 품바의 리듬을 뿜어내게 되었을까요. 너무 불경한 건 아닌가 싶지만 목탁이 저 불경 대신 이 불경이라도 많이 반가워하면 좋겠습니다.

언제 목탁과 함께 가을을 기념할 겸 추억의(!) '의좋은 형제 축제'의 고장이자 사과가 맛있기로 유명한 충남 예산의 한 양조장에서 사과를 증류하고 오크통에서 숙성시켜 만든 사과 브랜디를 품에 안고 갈게요. 함께 마셔요.

2022년 8월 15일

김혼비 드림

너무 걱정하지 마세요.

저는 벽시계도 들켜본 사람이니까요.

벽시계에 비하면 목탁은 얼마나

가방 속에 하나쯤은 들어 있을 법한 물건인가요.

황선우

×

"재미있어요? 재미있는 것 맞죠?"

×

김혼비

가득 찬 소주병에서 첫 한두 잔을 따라 낼 때 나는 소리가 '꼴꼴꼴꼴꼴'과 '똘똘똘똘똘'의 가운데 어디쯤의 맑음이라고 한다면, 목탁 소리의 청아함은 과연 무어라 표현할 수 있을까요? 절에 다녀온 지 오래되어 목탁이 어떤 소리를 냈는지 기억이 가물가물하기도 하고 문득 그 소리를 듣는 기분이 궁금해져서 유튜브에 '목탁 소리'를 검색해봤어요. 다양한 스님과 사찰 사진 섬네일들 가운데 '편안해지는 소리relaxing sound mix'라는 설명을 달고 여덟 시간 동안 목탁 소리만 들려주는 영상을 골라서 재생 버튼을 눌렀습니다. 영어 자막이 흘렀습니다. "This is a calm meditation video filmed in Korea··· I hope it helps you sleep and rest. Thank you for watching.(이것은 한국에서 촬영한 차분해지는 명상 영상입니다. 수면과 휴식에 도움이 되기를 바랍니다. 시청해주셔서 감사합니다.)" 화면 바로 아래로는 가장 많은 '좋아요'를 받은 댓글이 보이더군요.

"입대 이틀 전, 마음의 평화를 찾고자 듣는다."

입대만큼의 큰일은 앞두고 있지 않더라도 누구에게나 마음의 평화가 절실한 시대이다보니, 그 영상은 많은 사랑을 받고 있었습니다. '좋아요'가 3천 개더군요. 대선 직후에 목탁을 집에 들이고 뉴스를 본 뒤면 종종 손에 들게 된다는 혼비씨와 비슷한 이유로 고통받는 사람들이 애써 마음을 가다듬으러 찾아오지 않나 싶습니다. 혼비씨가 목탁을 치듯, 저도 요즘 탁탁 치는 것이 하나 있습니다. 탁구입니다. '탕타당타당'과 '통토동토동' 사이 어디쯤 될 것 같은 탁구공 치는 소리에 저 또한 많이 기대고 있기도 해요. 마음의 평화를 준다고도, 근심을 잊게 만든다고도 할 수 있는 소리입니다.

구기 종목의 운동을 시작하고 싶다는 김하나 작가의 바람을 따라서 같이 7월부터 배우기 시작했어요. 첫 수업 시간, 동네의 구립 체육관에 들어선 순간 우리는 깜짝 놀랐습니다. 운동을 목적으로 누구에게나 개방된 넓은 공간에 들어섰을 때 그토록 여성 점유율이 높은 광경은 처음 봤기 때문입니다. 게다가 구성원은 대부분 50, 60대의 여성들이었지요. 자세를 낮추고 서서 매서운 눈빛으로 공을 쫓으며 빠른 속도로 탁구채를 휘두르는 그들은 놀랍도록 민첩하더군요.

체육관을 가득 채우는 '타당타당타당'과 '토동토동토동' 소리 속에서 우리는, 거울 앞에 선 채 라켓 든 오른팔을 왼쪽 눈 방향으로 천천히 올리는 동작을 반복해서 연습했습니다. 선생님은 이것을 "경례"라고 부릅니다. 실력으로 보나 행색으로 보나 40대 중반밖에 안 된 나이로 보나 저희 둘은 이 체육관 전체에서 최약체 조무래기들이었죠. 배우기 시작한 지 두 달이 되어가는 지금도 풋내기인 건 매한가지이지만 그럭저럭 둘이서 공을 주거니 받거니 랠리를 이어갈 정도로는 공을 보낼 수 있게 되었어요. 실력은 형편없는 주제에 정말 놀랍게도 즐겁습니다. 둘이서 연습을 하고 있으면 선생님이 가만히 지켜보다가 이렇게 물어봐요. "재미있어요?" 그 질문은 어딘가 아파 보이는 사람에게 "괜찮아요?"라고 묻는 말투를 닮았어요. 가끔은 이렇게 변주되기도 합니다. "재미있어요? 재미있는 것 맞죠?" 실력이 뛰어난 사람의 눈으로 보기에는 터무니없이 못하면서도 기가 죽지 않고 꼬박꼬박 출석하는 것이 신기한가봅니다.

초보자의 탁구 연습에는 딜레마가 있습니다. 공놀이의 기본적인 목표는 분명 상대방보다 점수를 더 얻어서 이기는 것일 텐데, 동시에 그렇게 하지 않는 편이 더 재미있다는 점에서 발생하는 모순입니다. 그러니까 상대방이 받아칠 수 없도록 공을 쳐서 점수를 따는 기술을 연마해야 하는데, 그렇게 해서 핑퐁이 멈추게 되는 것보다 가능한 한 오래 공을 주고받는 편이 서로에게 더 공평하게 큰 쾌락을 줍니다. 타당타당 토동토동, 공이 적절한 각도로 네트 위를 계속 오갈 때는 그 시간이 영원하기를 바라게 될 정도입니다. 그러니까 체육관의 풋내기들은 승부 그리고 상부상조라는 두 마리 토끼를 동시에 좇고 있습니다. 풋내기들끼리만 겨루는 것이 아니라, 이 두 마리 토끼도 엎치락뒤치락 싸움을 벌입니다. '경례'를 계속하며 서로 받기 좋은 공을 주면서 랠리를 이어가다가도, 저 구석의 빈자리로 공을 빠르게 찔러넣거나 오늘 새로 배운 '스매싱' 기술을 써먹고 싶다는 욕망이 불쑥불쑥 올라오는 거죠. 나로서는 '상부상조' 토끼를 착실히 따라가고 있는데, 상대방이 '승부' 토끼 쪽으로 갑자기 방향을 틀면 당황스럽고 화도 납니다.

피차 아직 실력이 부족하다보니 몸을 의도대로 정교하게 컨트롤하는 것도 어렵습니다. 상대방이 스매싱을 넣은 공이 빠르게 날아와 내 몸에라도 맞으면 따끔하니 꽤나 아파서, 그만 기분이 상하고 맙니다. 특히 공이 세게 얼굴을 때리면 일부러 그런 것이 아니더라도 무척 약이 올라요. '스매싱'이 뭐냐 하면, 라켓을 든 오른팔을 휘두르는 동시에 왼쪽 발을 구르며 체중을 실어 공을 빠르게 쏘는 기술입니다.

김하나는 도토리처럼 작은 사람이지만 스매싱을 하며 발을 구를 때면 천둥 같은 소리가 납니다. 기습 공격을 당하는 것만도 분한데, 소리까지 너무 커서 놀라며 눈을 질끈 감아버리게 돼요. 그럴 때 저는 김하나가 시끄럽고 미워요! 얄밉다고 해야 할까요? 혼자 승부를 쫓아간 게 얄밉고, 상부상조를 깨버린 건 미워요. 이게 일방적이지는 않은 감정인지, 김하나도 탁구를 치다가 말고 "미워! 밉다고!"라며 발을 동동 구르기도 합니다.

재미있냐고 자꾸 물어보는 선생님이 다음달 말일 자유 탁구 시간에 다른 반 풋내기들과 친선 경기를 가져보자고 하셔서 저희는 약간 흥분 상태입니다. 승부 vs. 상부상조의 혼란에다 경쟁자 vs. 같은 팀 복식조 파트너로서의 혼합된 감정까지 더해져 아주 파란만장한 한 달을 보내게 될 예정입니다. 어쨌거나 이 지름 40밀리미터짜리 가볍디가벼운 공이 만들어내는 '탕타당타당'과 '통토동토동'에 집중하는 동안만은 많은 시름을 잊고 있습니다. 천둥같이 발 구르는 소리에 놀라고 분하기도 하지만요.

누군가는 속이 빈 나무를 두드리는 데 집중하며, 또 다른 누군가는 속이 빈 플라스틱 공을 쫓아다니는 데 몰두하며 자신만의 번뇌를 다스리는 거겠죠. 이 목-탁-구가 어디로 나아가게 될지는 모르겠지만, 아마도 당분간은 지속될 것 같습니다. 선생님은 믿지 못하시는 것 같아도 재미가 있거든요. 재미와 (얄)미움이 승부와 상부상조처럼 공존하는 탁구입니다.

입추를 지날 무렵 혼비씨가 보낸 편지에, 처서를 보낸 다음에야 답을 적었네요. 처서는 더위가 그치는 절기라고 하지요. 그친 김에 내처서 쭉 쾌적한 가을날씨를 향해 달려가면 좋겠습니다만 연이어 많은 비가 내리고 있어 근심스럽습니다. 네이버 지식백과의 〈한국세시풍속사전〉에 따르면 처서에 오는 비는 '처서비處暑雨'라고 해서 걱정스러운 현상이었다고 해요. 햇살과 바람 속에서 마저 영글어야 할 곡식에 빗물이 들어가 썩게 되고, 과실도 알찬 열매를 맺지 못하게 되기 때문이라고 하네요. 농경 사회에서 체득적으로 축적되었을 이런 지혜와는 거리가 먼 현대인으로서도, 다시 날씨 앞에 한낱 연약한 존재임을 실감하는 요즘입니다. 나중에 올여름을 돌아보면 무엇보다 잔인했던 폭우와 행정부의 납득할 수 없는 대응(혹은 무대응)이 떠올라 씁쓸할 것 같습니다. 그럴 때는 해야 할 일을 제대로 하지 않는 사람들이 밉습니다. 얄미운 게 아니라 아주 강렬하고도 치열하게 밉습니다. 이럴 때 혼비씨는 목탁을 두드리는 걸까요? 목탁을 두드릴 일이 가능하면 잔망스러운 품바 리듬을 연주할 때뿐이라면 좋겠네요. I hope it helps you sleep and rest.

2022년 9월 1일

황선우 드림

실력은 형편없는 주제에 정말 놀랍게도 즐겁습니다.

저희 둘이서 연습을 하고 있으면

선생님이 가만히 지켜보다가 이렇게 물어봐요.

"재미있어요?"

가끔은 이렇게 변주되기도 합니다.

"재미있어요? 재미있는 것 맞죠?"

김혼비

×

번—번—번— 타들어가는 날들

×

황선우

왜 이번 편지에서 갑자기 이런 이야기를 털어놓고 싶어졌는지 잘은 모르겠습니다. 갑자기 생긴 일이 아니라 이미 몇 달째 일상에서 서서히 진행중인 일이고(그러니까 왜 하필 이 순간에……?) 누군가에게 각 잡고 진지하게 이야기하기에는 그다지 별일이 아니라 겸연쩍어 주변에 말을 삼가왔는데(그러니까 왜 하필 이 순간 선우씨에게……?) 선우씨의 편지를 다 읽고 나서 답장을 쓰기 위해 문서창을 열자마자 너무나 이 이야기가 하고 싶어졌어요. 선우씨 편지의 어떤 부분이 제 마음을 건드린 걸까요. 승부와 상부상조가 공존하는 두 분의 탁구 이야기를 공을 주거니 받거니 하며 이어지는 랠리처럼 즐겁게 읽고 있다가 편지의 마지막 문장인 "I hope it helps you sleep and rest"에서는 스매싱을 당한 것 같았어요. 과장을 보태면 약간 눈물이 핑 돌았습니다. 그것은 제가 몇 달째 간절하게 원하는 것들이거든요. 두 분께 탁구가 그랬듯 저에게도 오래전부터 꼭 배워보고 싶은 몇 가지가 있는데 그중 하나라도 새롭게 시작할 수 있는 여유로운 시간, 몰아서 자는 게 아닌 규칙적인 충분한 수면, 그리고 긴 휴식.

어떤 마음은, 상자 뚜껑을 열면 스프링 달린 피에로 인형이 확 튀어나오는 것처럼, 뇌를 거치지 않고 입 밖으로 먼저 튀어나오는 것 같아요. 6월에 있었던 강연의 막바지에 어떤 분이 물어보셨어요.

"회사 다니면서 글을 꾸준히 쓰는 게 결코 쉽지 않던데 그렇게 지치지 않고 두 가지 일을 잘 병행하는 노하우가 궁금합니다."

사실 질문하시는 분에 따라 표현만 조금씩 다를 뿐, 어딜 가든 자주 받는 질문이고, 늘 해오던 답이 있었는데요. 그날은 불쑥 이렇게 대답했어요.

"솔직히 고백하면…… 잘 병행하지 못하고 있습니다. 예전에는 잘 병행하고 있다고 생각해서 이런저런 팁들을 말하곤 했는데요. 최근에 그게 아니라는 걸 깨달았어요. 계속 무리해오고 있었고, 그것들이 알게 모르게 쌓여 사실 지금 많이 지쳐 있습니다."

말을 하고 나서 아차 싶었고 그분께 죄송하기도 했습니다. 그분은 회사에 다니면서 어느 글쓰기 플랫폼에 꾸준히 글을 발행하며 책 출간을 꿈꾸고 있던 분이었는데요. 그런 만큼 실질적인 도움이 될 만한 답을 얻고 싶어 용기 내어 하신 질문일 텐데, 거기에 노련한 프로투잡러답게 답할 수 있었다면 얼마나 좋았을까요. 그런데 차마 그럴 수가 없었어요. 그리고 그때 처음으로 깨달았습니다. "완전히 붕괴되었어요"까지는 아니지만 아, 나 지금 완전히 소진되었구나. 마침내.

그러고 나니 많은 것들이 설명되는 것 같았습니다. 당시 조금 의아했거든요. 분명 '회사일+원고 쓰는 일'의 총합은 책을 두 권 냈던 작년보다 작은데, 그래서 올해는 작년보다는 여유로우리라 예상했는데, 어떻게 된 게 작년보다 훨씬 바쁜 거예요. 어떤 달은 일정이 빡빡하다못해 터져나갈 정도로요. 1차적인 문제는 제가 평소라면 사흘이면 끝냈을 일을 언젠가부터 열흘쯤 붙잡고 있어야 겨우 끝내는 데에 있었습니다. 사흘과 열흘은 아주 큰 차이잖아요. 그러니까 사흘 만에 끝냈으면 생겼을 며칠의 여유시간들이 자꾸 없어졌고, 그러다보니 이 일 끝내면 바로 다음 일이 닥쳐오고, 다음 일 끝내기도 전에 그다음 일이 또 닥쳐와서 매일매일 일에 허덕이게 되어버렸어요.

왜 이렇게 오래 집중을 못 하지? 왜 이렇게 일의 효율이 확 떨어졌지? 왜 이렇게 자꾸 지치지? 왜 이렇게 일 하나 끝내고 다음 일 시작하기까지 오래 걸리지? 여러 의문들이 가득했지만 이러다 말 줄 알고 그냥 버텼는데요. 결국 4월에 다 못 한 일이 5월로 넘어가 '4월에 다 못 한 일+5월에 해야 할 일'로 5월에 무리하고, 6월에는 '4월에 다 못 한 일+ 5월에 다 못 한 일+ 6월에 해야 할 일'로 무리하고, 그렇게 밀리고 밀린 일들 때문에 7월에는 결국 회사일 마감과 원고 마감 합쳐서 마감 16개를 마음속으로 울면서 치는 식이었어요. 그렇게 녹다운된 상태로 또 8월을 맞고……

어느 순간 정신을 차려보니 삶이 '회사일 아니면 원고'로 피폐해져 있었어요. 올해 축구장 한 번을 못 갔고(이보다 일이 훨씬 많은 해에도 이런 적은 없었는데), 진짜 읽고 싶은 책들을 거의 못 읽고(일 때문에 읽는 책이나 원고를 읽을 때가 더 많고), 자전거도 자주 못 탔고(올해 주행거리를 다 합쳐도 500킬로미터가 안 되고), 이제는 좀 하고 싶은 것을 해야지 마음먹다가도 어느새 닥쳐온 마감 앞에서 저도 닥치고 마감하고, 자꾸 쌓이는 써야 할 원고 앞에서 원고를 쓰는 작가라기보다 원고에게 피소당해 문서창이라는 법정에 불려온 피고마냥 압박감 속에서 쫓기는 기분으로 원고를 대면하는, 이런 날들이 이어졌습니다. 약속한 마감 시간에 일 분이라도 늦으면 세상이 무너진다고 생각하는 시간 강박도 압박감에 한몫했고요.

사실 저와 아주 가까운 친구, 그중에서도 눈썰미가 좋은 친구들은 작년 겨울부터 저에게서 번아웃의 기미를 알아보고 경고했는데도 잘 모른 채 번번이 번-번-번-

번- 타들어가다가 올여름에 '아웃'이 되어 나가떨어지고서야 받아들였어요. 번아웃이 맞구나. 사흘이면 끝낼 일을 열흘 걸릴 때부터 이미 그랬구나. 이게 뭐라고 받아들이기 힘들었을까요. 한국 사회에서 일하는 사람치고 번아웃 안 된 사람이 어디 있겠어라는 생각에 그런 커다란 말을 저에게 갖다붙이는 게 지나치게 비장하고 조금 유난스럽다고 느꼈던 것 같아요.

몇 달을, 특히 여름을 번아웃 상태로 통과하면서 번아웃은 그 자체로도 문제지만, 번아웃이 일 효율을 깡그리 앗아가는 통에 한 번 붙든 일이 끝나질 않아 마음놓고 놀거나 쉴 시간까지 사라지는 게 가장 문제라는 걸 알게 되었어요. 휴식과 저 사이에 연결되어 있는 다리마저 불태워 없애버리는 게 번아웃이더군요. 그리고 일에서만 집중력이 떨어지는 게 아니라 일상 전반에서도 마찬가지여서, 자주 가는 공간에서 눈에 띄게 달라진 점을 누가 말해주기 전까지 혼자서는 전혀 알아채지 못한다거나, 뭘 자꾸 잃어버린다거나, 반사 신경이 둔해져 평소보다 어딘가에 잘 찧어 다친다거나, 자꾸 말실수를 한다거나 해요. (오늘도 점심시간에 '켄타우로스 변이'에 대해 이야기하면서 '켄타우로스'를 자꾸 '켄타로사우르스'라고 말해 멀쩡한(?) 반인반마를 계속 공룡으로 만들어버렸습니다.)

그전에도 드물게 오타를 잡아내지 못한 채로 이메일을 보내거나 서류를 제출한 경우가 있었지만, 7~8월에는 오타 실수도 유난히 많았습니다. 대개는 상대방도 오타인 걸 알아채고 넘어갔지만, 작은 문제로 비화되어 해명해야 하는 일도 있었어요. 미묘한 관계에 있는 타 회사 동료에게 "그 기획이 좋았다"라고 쓸 것을 "그 기획은 좋았다"라고 써서 '나머지는 다 별로였다'의 뉘앙스가 담긴 새침한 평가질을 한 셈이 되어버렸거든요. ("꽃은 피었다"와 "꽃이 피었다"가 이렇게나 다르다는 걸 뼈저리게 느낀 김훈적 모먼트.)

이런 오타 실수는 원고를 쓸 때도 예외가 아니어서 그 어느 때보다도 오타에 신경쓰고 있지만 자꾸 놓쳐요. 물론 다행히 편집부에서 잡아주지만 그렇지 않은 경우도 있었습니다. 가장 기억에 남는 오타는 "그 분야의 대가로 자리매김했다"를 "그 분야의 대갈로 자리매김했다"라고 쓴 것인데요. 공교롭게도 '대갈' '대가리'가 '대가'와 의미가 얼추 비슷한 '우두머리' '톱top'을 뜻하기도 하는 바람에 오해한 에디터님이 '대갈'을 '머리'로 수정해서 다시 보내준 일도 있었습니다…… 어떤 책 소개글을 쓰면서 "독설을 이어갔다"를 "독살을 이어갔다"라고 써서 단지 입이 좀 거칠었을 뿐인 책 속 등장인물을 사이코 연쇄 살인마로 만든 상태로 글이 나갈 뻔한 적도 있어요.

오타야 언제든 낼 수 있는 거지만 문제는 제가 퇴고하는 과정에서 저것들을 잡아내지 못했다는 거예요. 특히 '대갈'을 못 잡아내다니요…… 글자 모양만 봐도 저렇게 튀는 단어를 못 잡아낸다는 것은 넋이 나가 있다고밖에 설명을 못 하겠습니다. 이걸 번아웃의 문제로만 치부할 수 있을지는 모르겠지만 시기적으로는 겹치니까(그리고 그전에는 없던 일이니까) 일단 번아웃의 증상 중 하나로 분류해두었어요. 진짜 뭐가 문제인지를 알기 위해서라도 번아웃에서 벗어나야겠다고 생각하면서요.

얼마 전에는 번아웃으로 오래 고생하던 시기에 큰 도움이 된 곳이라는 친구의 추천에 힘입어 학동에 있는 정신건강의학과에 갔다가 무서운 이야기를 들었습니다. 구체적으로 무슨 일들을 하고 사는지 제대로 설명하지 않은 저의 불찰이 크지만, 선생님께서 번아웃을 극복하려면 결국 잘 자고, 잘 먹고, 운동하고, 일과 전혀 관련 없는 새로운 취미생활을 가져보는 것이 큰 도움이 된다고 말씀하시면서 명상과 독서와 함께 글쓰기를…… 추천하시는 게 아니겠어요? 그 말을 듣는 순간, 이제는 철 지난 추억의 유행어(아니, 이보시오, 의사양반, 이게 무슨 소리요. 이젠 하다 하다 병원에서까지 글을 쓰라고 하다니요)와 함께 빈혈이어서 병원에 갔다가 헌혈을 권유받은 것 같은 복잡한 기분이 스치면서, 한편으로는 웃음이 터지려고 하는 걸 겨우 참았습니다. 그리고 집에 돌아오면서 계속 생각했어요. 선생님의 말씀처럼 글쓰기가 짐이 아니라 힘이 되었던, 더없이 역동적인 방식으로 고요한 평온을 한가득 안겨줬던 시간들에 대해서요.

그런 점에서 이 타이밍에 선우씨에게 편지 쓰기를 정말 잘한 것 같습니다. 편지 쓰기라는 행위 자체도 중요하지만 선우씨라는 수신자가 정말 중요했어요. 쓰면서 마음이 조금 더 정리되고, 나아갈 방향이 조금 더 또렷해지고, 심지가 조금 더 단단해진 기분이 들었습니다. (이 '조금 더'들을 하나씩하나씩 천천히 모아 차례로 밟으며 회복까지 걸어가고 싶어요.) 그래서인지 이 편지를 쓰는 동안 드디어 축구장에 다녀왔고, 병원에서 필요한 약도 타왔고, 회사일은 줄이지 못하더라도 원고 쓸 일은 대폭 줄여가고 있습니다. 선생님 말씀이, 긴 시간 동안 서서히 번아웃에 이른 것처럼 동난 에너지를 다시 채우는 데에도 서서하고 긴 시간이 필요하다고 해요. 잘 먹고, 잘 자고, 규칙적으로 운동하고, 일과 전혀 관련없는 새로운 취미생활을 하기. 일단 이것들부터 잘 지켜볼까 합니다. 내년 여름까지 1년간은요. 그때까지 우리가 편지로 어김없이 이어져 있을 거라는 사실이 참 든든합니다. 늘 고맙습니다, 선우씨. You help me sleep and rest!

2022년 9월 15일

김혼비 드림

황선우

×

젊은 미역의 시절을 보내는 법

×

김혼비

혼비씨의 편지를 읽으면서 참 다행이라고 생각했습니다. 소진되었다고, 지금 상태가 번아웃이 맞다고 혼비씨가 알아차렸다는 점 말입니다. 그걸 받아들이는 데서부터 시작일 거예요. 일을 의식적으로 줄이는 것도, 작정하고 쉴 틈을 만드는 것도, 새로운 취미생활을 시작해보거나 뭐든 에너지를 채우는 활동도 말이죠.

한국 사회의 많은 일하는 사람들처럼 저 역시 번아웃으로 짐작되는 시기를 지나온 것 같아요. 짐작이라 말하는 건 그때 나에게 벌어지는 일이 뭔지 당시에는 스스로 잘 인지하지 못했기 때문입니다. 어떤 경험들은 한창 그 가운데 있을 때는 진행중이라는 게 보이지 않다가 지나가고 나서야 그 시간이 뭐였는지, 그때 내가 어땠는지 깨닫게 되기도 합니다.

야근을 마치고 집에 오면, 잠들기 전까지의 두어 시간 동안 모로 누워 멍한 눈으로 휴대폰 슈팅게임 화면만 들여다보던 시기가 있었습니다. 그때는 SNS 화면도 피해 다녔어요. 글자 뒤에 존재하는 사람들을 상상하는 게, 사람들의 목소리를 떠올리는 게 고역이었습니다. 종일 회사에서 시달리다 온 일이 바로 그거였으니까요. 그저 알록달록한 그래픽이 만들어내는 인공적인 움직임과 전자음 속에만 머무르고 싶었습니다.

또다른 언젠가는 한동안 씻는 동안 서 있을 힘이 없어서 욕조 안에 가만히 앉은 채로 샤워를 하곤 했어요. 기운이 더 떨어질 때는 물을 맞으면서 아예 누워버리기도 하고요. 그렇게 젖은 미역같이 널브러져 있다가 정신을 좀 차리고 나면 욕조 밖으로 나와 몸을 닦고 말릴 기력이 조금 생겼습니다. 한두 달 뒤인가, 샤워의 시작부터 끝까지 아무렇지 않게 서 있는 나 자신을 발견하고 그제야 깨달았죠. 아, 그때 내가 좀 이상했구나. 사람이 아닌 미역이었구나. 고갈된 것이 체력이거나 사회성이거나 집중력이거나 하여간 바닥을 드러낸 채로 꾸역꾸역 계속하고 있었구나. 저 같은 사람들은 멈추는 방법을 몰라서 계속하곤 합니다.

혼비씨, 지난 편지에서 제가 요즘 탁구를 치고 있다고 썼죠? 이번엔 수영 이야기를 해볼게요. 혼비씨도 회사를 그만두고 나면 시작하고 싶은 일들의 목록이 마음속에 아마도 있을 거라 생각해요. 저는 프리랜서가 된 후에 가장 야심차게 시작한 일이 수영 강습을 받는 것이었습니다. 제대로 배워보고 싶은 생각은 늘 있었는데, 회사를 다니는 동안 평일에는 도무지 규칙적으로 수영장에 갈 시간을 내기가 어려웠거든요. 수업은 한 시간이라도 수영장까지 가서 풀에 들어가기 전에 씻는 시간, 나와서 씻고 머리카락을 말리는 시간까지 보태면 한 번 운동하는 데 두 시간 가까이 소요됩니다. 그때 제가 평일에 꾸준히 두 시간씩 쓸 수 있는 일은 출퇴근 그 자체 말고는 없었어요. 회사는 20년 다녔습니다. 하고 싶은 일을 20년씩 미룬다고 하면 대단히 게으른 사람처럼 들리지만, 그저 하루하루를 충실히 사는 데 급급하다보면 그렇게 성실하게 게을러지기도 하더라고요.

코로나가 빠르게 확산되던 시기에 센터가 문을 닫는 바람에 쉬었던 반년 정도를 제외하면, 3년 꼬박 수영을 다녔네요. 물에 떠서 앞으로 나아가는 방법 말고도 많은 것을 수영장에서 배웠어요. 축구와 다르게 수영은 기본적으로 혼자 하는 개인운동이지만, 그 혼자들이 수십 명 모여서 한 공간과 시설을 나눠 쓰기에 지켜야 하는 규칙과 약속들이 촘촘하게 존재합니다. 맨몸을 상당 부분 드러낸 취약한 모습으로 타인과 만나게 되는데다, 물에 들어가 있는 동안은 서로 말로 소통하기도 어려우니 부드럽게 배려해주는 몸의 언어가 필요해요. 배영을 하는 다음 사람이 언제 멈춰야 할지 몰라서 계속 진행해올 때, 손으로 머리를 살짝 건드려 멈춰야 한다고 알려주는 행동 같은 것 말이죠.

저는 엇비슷하게 균질한 것들만 모여 있는 모습을 보면 숨막히는 편인데, 수영장에 오는 사람들이 다양하다는 점도 좋았어요. 성별도, 연령대도, 체형도, 수영복 색깔이나 영법의 진도도 다양하게 섞인 구성원들이 저마다 자기 운동에 몰입해 있는 그 분위기가 편안했습니다. 시간이 허락할 때는 주 5일 수영을 했습니다. 수영이 좋고, 성실하게 수영을 다니면서 발전하는 내가 마음에 들었어요. 시간과 노력을 들여 접영까지 할 수 있게 된 스스로가 자랑스러웠습니다. 형광색 오리발을 끼고 느긋하게 몇 번이고 레인을 왕복하는 할머니들을 볼 때마다 생각했죠. 나도 저렇게 오래 수영하고 싶다고.

그런데 9월부터 수영을 그만뒀어요. 더 정확히는 다니던 센터를 그만뒀다는 게 맞겠네요. 사회적 거리두기가 종료되면서 센터의 강습 정원이 두 배로 늘어났고, 마침 여름 성수기가 되면서 인원이 많아졌어요. 수영장의 수질이 뿌옇게 흐려지고, 운동 앞뒤의 샤워를 위해서는 더 오랜 시간을 줄 서서 기다려야 하고, 운동하는 동안 레인에서도 대기와 정체가 발생해 실제로 내가 나아갈 수 있는 길이가 줄어든다는 뜻이지요. 같은 조건에서 내 체력이 바닥날 때 그렇듯이 나를 둘러싼 인구밀도가 높아질 때도 타인에게 친절하기 어려워지더군요. 전처럼 즐겁지만은 않은 마음으로 수영을 다니면서 견뎌야 하는 부분이 늘어나고 차곡차곡 스트레스가 쌓여갔습니다. 그러던 하루, 어느 회원이 샤워를 하지 않고 머리도 감지 않은 채 수영복을 입는 모습을 발견했어요. 저는 몸을 깨끗이 씻고 나서 수영장에 들어가야 한다고 알려줬죠. 그 사람이 처음이라 수영장에 적혀 있는 규칙을 미처 못 읽었을 수도 있다고 생각했어요. 그런데 그 사람은 나를 힐끗 보더니 아무 말도 하지 않고 샤워실을 나가 풀로 가버리더군요. 그다음 수영 시간에도 똑같은 상황이 반복되었어요.

무시당했다는 데 화가 나기보다 그저 너무 신경이 쓰였습니다. 그 사람과 내가 같은 물에 몸을 담그고 있다는 사실이, 그 사람의 씻지 않은 겨드랑이에 닿은 물이 내 콧구멍 속으로 흘러들어오고 있다는 현실이, 또 그 사람 외에도 안 씻고 입수하는 회원이 또 있을 거라는 점이 너무너무 신경쓰여서 견딜 수가 없더라고요. 옆 레인에서 수업을 받는 그 사람은 자꾸 벗겨지는 수영 모자를 몇 번이나 고쳐 쓰고 있었습니다. 당연해요. 머리를 감지 않았고, 머리카락이 젖어 있지 않으니까 고무로 된 모자가 단단히 고정되지 않아서 자꾸만 벗겨지는 겁니다.

그 일 이후에 저는 다음 달 강습 등록을 하지 않았어요. 그 사람을 원망하는 마음 때문만은 아니에요. 조금씩 차올라 찰랑찰랑하던 여러 이유들에 마지막 한 방울이 보태진 것뿐일 거예요. 다만 여태 내가 쾌적하게 운동할 수 있었던 환경에는 타인의 선의를 믿는 신뢰가 크게 작용하고 있었구나 하는 점을 깨달았죠. 그리고 내가 수영을 그만둬도 당연히 아무 일도 생기지 않는다는 점도요. 그건 요즘 제가 다른 운동에 빠져 있어서이기도 하지만, 마음먹으면 언제든 수영을 다시 할 수 있다고 여기기 때문일 거예요. 좀 쉬고 돌아가면 신경쓰이던 것들은 잊어버린 채 다시 다른 사람들을 믿을 수 있다고 생각해요. 잠시 멈춘 것도 결국은 수영을 완전히 그만두지 않기 위해서라고요. 좀 이상한 말이지만 오래 지속하기 위해선 언제든 멈출 수 있어야 합니다.

저도 북토크에서 그런 질문을 받아요. "작가님은 갓생을 살고 계신데 그러기 위해 어떻게 루틴을 유지하시냐"고 말이죠. 저는 그리 부지런하지도 못한 사람일 뿐이고 대체로 스스로에게 너그러우며 불규칙적으로 생활한다고 답합니다. 멀리 떨어진 타인의 일상이기에 매끄럽고 일관되며 균형이 잘 잡힌 것처럼 보이는 착시일 뿐이라고요. 마치 다른 사람들 눈에 혼비씨는 회사 다니면서 꾸준히 지치지도 않고 글을 쓰는 (듯 보이는) 것처럼 말이죠.

균형을 잡기 위해 기우뚱대는 과정은 남들에게 보이지 않는 곳에서 벌어지잖아요. 평화를 유지하기 위해서는 치열하게 싸워야 하듯 일상의 항상성을 지키려면 계속 변화를 주어야 합니다. 일-일-일-일이 아니라 일-쉼-일-놂이 될 때야 비로소 그런 변화의 리듬이 만들어지죠.

혼비씨가 진짜 웃기는 글을 쓰기 위해 혼신의 힘을 다해 스스로를 몰아붙이기보다는 별것 아닌 일에도 웃을 수 있는 여유를 가지면 좋겠어요. 부디 적극적으로 더 많은 일을 거절하는 데 성공하기를, 잘 먹고 잘 자는 생활을 쟁취해내기를, 그래서 마침내 더 많은 쉼을 사수하기를 바랍니다. 언제든 멈출 수 있어야 더 오래 좋은 글들을 쓸 수 있을 테니까요.

축구장에는 경기를 하러든 보러든 더 자주 갈 수 있으면 좋겠어요. 더 많은 오타를 발견해내고 더 많은 실수를 웃어넘기기를, 그래서 저에게 보내는 편지에 적어주기를 바랍니다. 그러는 사이 혼비씨는 분명 휴식계의 대갈로 자리매김할 수 있을 거예요.

2022년 10월 3일

황선우 드림

번아웃은 그 자체로도 문제지만,

번아웃이 일 효율을 깡그리 앗아가는 통에

한 번 붙든 일이 끝나질 않아

마음놓고 놀거나 쉴 시간까지 사라지는 게

가장 문제라는 걸 알게 되었어요.

휴식과 저 사이에 연결되어 있는 다리마저

불태워 없애버리는 게 번아웃이더군요.

아, 그때 내가 좀 이상했구나.

사람이 아닌 미역이었구나.

고갈된 것이 체력이거나 사회성이거나 집중력이거나

하여간 바닥을 드러낸 채로 꾸역꾸역 계속하고 있었구나.

저 같은 사람들은 멈추는 방법을 몰라서

계속하곤 합니다.

김혼비

×

담배와 건강의 변증법

×

황선우

휴식계의 대갈이라니. 발음할 때마다 머릿속에서 크고 작은 휴식들이 대갈대갈 굴러가며 제자리를 찾는 것 같아 묘하게 힘이 나는 이 단어가 선우씨의 다정한 편지와 함께 자주 떠올랐던 한 달이었습니다. 그래서였을까요. 회사일이 끝없이 밀려들던 월말의 어느 날에는, 그 며칠 전 함께 술 마시던 자리에서 저를 무척 걱정스럽게 쳐다보던 선우씨의 다정한 눈빛이 떠오르기도 했어요.

회사 동료들과 대체로 다 친한 편이지만 유독 친해서 친구 같은 동료가 몇 있는데요. 오늘 소개할 담요(가명)라는 친구도 그중 하나입니다. 담요는 눈코 뜰 새 없이 일이 바쁘게 돌아가는 날이 아니면 하루에 다섯 번 정도 밖에 나가 담배를 피우고 들어옵니다. 물론 담요 말고도 흡연자가 몇 명 더 있지만 담요는 요즘 세상에 보기 드문 클래식한 흡연자, '민초파'보다 더 유구한 역사를 가진 연초파예요. 저는 담배를 피우지 않지만 가끔씩 사무실 밖에 나가 바람을 쐬고 싶다거나 담요와 잠깐 놀고 싶을 때면 담요를 따라 나가는데, 그러다보니 담요의 습관을 하나 알게 되었습니다.

담요는 밖으로 나가기 전에 꼭 화장실에 들러서 손을 아주 공들여서 깨끗하게 씻습니다. 거의 예외가 없어요.

저는 담요가 담배 피우는 시간을 얼마나 소중하게 생각하는지 알고 있고, 담요에게 다소 엉뚱한 구석이 있다는 것도 잘 알기에, 질병관리청에서 '올바른 손 씻기' 교육영상으로 찍어다가 배포해도 될 법한 그런 꼼꼼한 손 씻기가 소중한 시간을 경건하게 맞이하기 위한 일종의 의식 같은 건 줄 알았어요. 그래서 오랫동안 딱히 이유를 묻지 않다가 작년 봄, 문득 궁금해져서 새삼스레 이유를 물어보았습니다. 보통 연초를 피우고 나면 연초를 쥐고 있던 손가락에 담배 냄새가 밸 텐데, 이왕 손을 씻는다면 담배를 태우고 난 뒤가 더 나은 게 아닌가라는 생각이 들었기 때문이에요.

"너는 왜 맨날 담배 피우러 나오기 전에 손을 씻어? 그 이후가 아니라?"

담요는 세상에 이런 당연한 걸 묻는다니 믿을 수 없다는 표정으로 대답했습니다.

"생각해봐. 우리가 사무실에서 일할 때 키보드 두드리고, 마우스 움켜쥐고, 전화 받고, 스마트폰 계속 만지고. 거기에 균들이 얼마나 많은데. 키보드는 변기보다 5배 더럽고, 스마트폰도 변기보다 18배 더럽다고. 그거 다 만진 손으로 담배를 어떻게 쥐어. 담뱃갑에서 한 개비 뽑아들 때부터 이미 입에 들어가는 담배 필터 부분이 손에 닿게 되는데. 게다가 담배를 입으로 가져갈 때마다 손이 내 입에 거의 닿을락 말락 이렇게 가까워지는데 손에 있는 세균들이 입으로 들어간다고 생각해봐. 몸에 얼마나 안 좋겠어?"

연달아 두 개비째인 담배를 태우며 담요가 대답했습니다. 세상에 그보다 끔찍한 일이 또 있겠냐는 듯 얼굴을 찌푸린 채로 줄담배……를 피우면서 말이에요. 이렇게 자기 몸을 끔찍하게 챙기다니. "그래, 그거 참 몸에 절대 못 할 짓이네……"라고 고개를 끄덕이다가 웃음이 터져서 담요와 함께 낄낄대다가 들어왔어요. 그쵸. 균이 가득한 손으로 피우는 담배보다는 깨끗한 손으로 피우는 담배가 몸에 좋을 것입니다……

이렇게 작년 봄에 담요의 비밀(?)을 알게 된 이후 담요가 손을 씻으러 가는 것을 볼 때마다 괜히 웃음이 났습니다. 가끔은 담요의 말이 떠올라 손소독제로 키보드나 마우스, 휴대폰을 한 번씩 닦아내기도 했어요. 세상에는 변기보다 더러운 것들이 왜 이리 많은 걸까요. 키보드, 마우스, 휴대폰, 책상, 헬스장 기구들, 냉장고, 베개, 수세미, 칫솔, 도마…… 이쯤 되면 우리는 그냥 거대한 변기 속에서 살아가고 있다고 봐야 하지 않을까요.

지난달 말에 밤을 새우고 출근한 날, 오후가 되니 잠이 밀물처럼 밀려들어서 잠도 깰 겸 담요를 따라 모처럼 밖으로 나갔습니다. 담요가 담배의 첫 모금을 후— 뱉어냈을 때 반사적으로 담배 연기가 날아가는 반대쪽으로 발을 떼어 위치를 바꿨는데요. 그런 저를 보면서 담요가 장난기와 걱정기가 반반 섞인 얼굴로 "야, 밤이나 새우지 마"라며 빙긋 웃는 순간, 깨달았습니다. 밤을 꼬박 새워 놓고 간접흡연을 피하겠다는 저의 발놀림이나 담배를 피우기 전 담요의 손 씻기나 비슷하다는 것을요. 이미 몸에다가 독을 뿌려놓고 상대적으로 작은 독에 신경쓰는 모양새가요. (물론 작은 독이라도 줄이려는 노력은 중요하지만요.)

생각해보면 무엇이 얼마나 더러운지를 말할 때 변기가 자주 소환되듯이, 무엇이 얼마나 유해한지를 말할 때 담배가 자주 소환되곤 합니다. 담배보다 해로운 미세먼지, 담배보다 해로운 냉수, 담배보다 해로운 절망, 담배보다 해로운 고독…… 아마 찾아보면 담배보다 해로운 밤샘도 있을 거예요. 어쩌면 담배 외에는 매사 건강을 알뜰히 챙기는 담요가 저보다 건강할지도요. 게다가 스트레스를 담배 연기에 실어 그때그때 뒤끝 없이 날려 보낸다는 담요 같은 사람에게는 담배가 영혼의 건강을 지키는 면이라도 있겠지만 밤샘은 영혼까지 피폐하게 만드니까요.

그러면서 선우씨가 떠올랐습니다. "가끔 혼비씨 인스타그램에 밤새우고 있는 중이라는 글 올라오면 마음이 정말……"이라고 운을 떼면서 정말 차근차근하고 다정하게 걱정해주셨죠. 선우씨의 걱정과 담요의 일갈에 새삼스레, 정말 새삼스레 정신이 확 들면서 무슨 일이 있더라도 충분한 수면만은 사수해내야겠다고 새삼스레, 정말 새삼스레 다짐했습니다.

사실 요즘 저의 수면 사수에 제법 큰 기여를 하고 있는 게 있어요. 바로 택시입니다. 정확히는 '택시의 존재'가 아닌 '택시의 부재'가요. 서울 시내 택시 부족 현상을 다룬 뉴스를 보니 심야시간대에는 택시 400대 중 빈 차가 한 대 꼴이라던데, 와, 몇 달 전부터 택시 잡기가 정말 힘들더라고요. 몇 번 크게 고생을 한 뒤로 저는 아예 '서울 시내에 내 한 몸 둘 택시는 어디에도 없다'는 것을 마음에 새기고 지하철 막차에 목매는 사람이 되었습니다. 덕분에 예전 같으면 자정을 넘겨 일하고 퇴근했을 일도, 더 길어졌을 술자리도 무조건 일찍 파하고 집에 돌아오다보니 저절로 수면 시간을 잘 지켜가고 있어요. 물론 선우씨를 만났던 날처럼 도저히 끊을 수 없을 정도로 즐겁고 신나게 마시는 날은 집에 있는 박태하를 소환하는 자동차 픽업 찬스를 쓰기도 하지만요.

지난주에는 위기가 한 번 있었습니다. 사실 이 위기 상황이 없었더라면 담요와의 일화를 이렇게 편지에 쓸 생각을 못 했을 거예요. 일기장에만 몇 줄 적고 넘어갔을 담요와의 소소한 일화가 이번 편지의 소재로 급부상한 것은 지난주에 있었던 이 일과 갑작스럽고도 묘하게 이어졌기 때문입니다. 지난주에 저는 이태원에서 회사 행사 준비를 하다가 환승할 것까지 고려하면 12시 13분 지하철을 꼭 타야 해서 시간을 맞춰 나왔어요. 가는 길에 어느 작은 수제 햄버거 가게를 지나치게 됐는데, 배도 좀 고팠고 막차 시간까지 여유도 있었고 햄버거가 나오기까지 오 분이 걸린다기에 선뜻 두 개를 주문했습니다.

근데! 카드를 주섬주섬 꺼내드는 저를 보면서 사장님이 이 가게는 원래 카드를 안 받는다는 거예요. "네? 저 현금이 하나도 없는데요…… 그럼 취소해도 될까요?"라고 여쭈어보는 동시에 그럴 수 없다는 걸 깨달았습니다. 이미 철판에 제 것이 분명한 패티랑 달걀이랑 번이 올라가 구워지고 있었거든요. 재빨리 계좌이체를 하려고 앱을 열어 계좌번호까지 다 찍었는데, 제 거래 은행이 12시

~12시 30분까지 점검 시간. 당황해서 박태하에게 전화를 걸어 계좌번호를 불러주고 입금을 기다렸는데, 박태하 거래 은행도 12시~12시 10분까지 점검 시간. 12시 10분까지 기다렸다가는 막차를 타는 것은 불가능. 갑자기 식은땀이 났습니다. 픽업 찬스를 쓸 수도 없었던 게 그날 박태하는 몇 주간 진행해온 글쓰기 강의 뒤풀이가 있어서 소주를 몇 잔 마신 상태였거든요.

아…… 지금 고작 달걀 햄버거 때문에 길가에서 또 안 잡힐 택시와 기나긴 사투를 벌여야 한단 말인가…… 만에 하나 택시를 예약하는 데 가까스로 성공한대도 비싼 돈을 내고 긴 시간을 기다린 뒤 집에 들어가 몇 시간 못 자고 출근해야 할 텐데…… 얼마나 막막했던지 일 분도 안 되는 짧은 순간에 차라리 박태하에게 대리기사님을 불러 여기까지 오게 한 다음 나를 태워서 다시 집으로 가는 것은 어떨지 머릿속으로 걸리는 시간과 드는 돈을 계산해보다가 포기하고, 결국 없는 주변머리를 박박 긁어서 사장님께 제가 지하철 안에서 12시 11분에 틀림없이 입금을 할 테니 부디 저를 믿어달라고 어렵게 입을 떼었어요. 이왕 입을 뗀 거 조금 더 사정사정해야겠다고 단전에서부터 용기를 끌어올리려는 찰나, 사장님이 무심한 목소리로

짧고 굵게 한마디 던지셨습니다.

"던힐 6mg 두 갑에 가져가."

와…… 그때만큼 누군가의 흡연을 진심으로 응원한 적이 또 있었을까요. 저는 당장 바로 옆 편의점에서 너무 신난 나머지 던힐 세 갑을 사서 사장님께 건네고는 사장님의 미약한 손사래와 포장된 햄버거를 받아 무사히 막차를 탈 수 있었습니다. (담배 만세! 물물교환 만세!) 비록 담배와 맞바꾼 햄버거는 어쩌면 이것보다는 담배가 더 맛있는 게 아닐까 싶은 맛이었지만요. 그리고 던힐을 사면서 알게 됐어요. 담요가 피우는 게 이거였구나! 담뱃갑이 낯익었거든요. 푹 자고 일어난 다음날, 저의 하룻밤 치 건강을 지켜준 소중한 담배, 던힐 6mg 한 갑을 사서 담요에게 주었습니다. "야, 웬만하면 줄담배는 피우지 마"라는 말과 함께요.

담배를 피우기 전 손을 씻는 마음으로, 독 한 방울이라도 줄이겠다는 독한 마음으로, 저는 밤샘을 하지 않고 담요는 줄담배를 피우지 않았으면 좋겠습니다. 우리 모두가 지치지 않고 몸도 덜 상하면서 오래도록 건재했으면 좋겠어요.

그나저나 요즘도 저의 말실수 퍼레이드는 꾸준히 이어지고 있습니다. 엊그제는 저의 '길티 플래저'에 대한 질문을 받고 〈환승연애〉 시즌2 이야기를 하면서 연애를 둘러싼 청춘들의 희로애락이 담겨 있다고 말한다는 걸, 청춘들의 생로병사가 담겨 있다고 말해버렸어요. 연애리얼리티 프로그램에 생로병사가 들어가 있으면 대체 어쩌자는 건지. 그러면 정말 큰일이죠……

맞다, 그리고 바로 그날, 집으로 돌아오는 길에 선우씨가 친구들과 난지공원에서 맨발로 훌라춤을 추는 영상을 봤습니다. 훌라춤을 추는 내내 가장 활짝 웃고 있는 선우씨를 보면서 저도 그렇게 기분이 좋을 수가 없었어요. 저는 오늘 퇴근하고 경복궁에 갑니다. 밤에 궁을 거닐 생각을 하니 조금 설레요. 눈부신 가을날들 보내다가 또 반갑게 만나요. 이번에는 선우씨 얼굴에 걱정 한 점 없도록 휴식계의 대갈 꿈나무로 잘 지내보겠습니다!

2022년 10월 21일

김혼비 드림

황선우

×

10월 29일 이후의 첫 편지

×

김혼비

혼비씨,

제가 리코더로 연주하길 좋아하는 노래 가운데 〈전국노래자랑〉 주제곡이 있습니다. 딩동댕동 울리는 실로폰 뒤로 사회자와 청중이 "전국~" "노래자랑!" 하고 크게 외치면 뒤따르는 악단이 '빰빰 빰 빠바밤빰' 연주하며 시작되는 그 흥겨운 곡 말입니다. 얼마 전에는 김하나 작가의 우쿨렐레와 호흡을 맞춰 이 노래를 녹음해서 팟캐스트 오프닝에 넣어보기도 했어요. 김신영씨가 새로 진행을 맡게 된 일을 기념하는 의미였습니다. 리코더로 연주할 때는 '도도도 시시시 라라라 미 솔파' 하며 같은 음을 규칙적으로 소리내는 텅잉이 까다로운데, 그 부분을 뭉개지 않고 리듬을 잘 살려내면 기분이 좋아요.

진행자가 바뀐 후에는 일요일 낮에 TV를 켜서 종종 이 프로그램을 틀어놓습니다. 10대 때 이후로는 시청한 기억이 없어서인지, 〈전국노래자랑〉을 볼 때면 가족들이 다 같이 늦잠을 자고 일어나 느긋하게 집에 머물던 어린 시절 주말 한낮의 시간이 돌아오는 것 같아요. 그때는 삶에서 그런 평화가 아주 짧게 주어진다는 것을 미처 알지 못했죠. 연세가 많은 분들이 주로 나와서 오래된 트로트를 부른다는 인상을 갖고 있었지만, 〈전국노래자랑〉에는 의외로 1990년대 이후 태어난 출연자들도 많고, 나와서 부르는 곡의 장르나 제작 시기도 다양합니다. 그사이 제 나이가 많아졌고 10대 때만큼 트로트에 질색하지 않으며 곧잘 듣는다는 변화가 벌어지기도 했네요. 벌써 42년째 이 프로그램이 일요일마다 이어진다고 생각하면 돌아가신 전 진행자 송해 선생님의 삶도 떠오르고, 이 프로그램을 만들어온 사람들은 삶의 어떤 사건들을 통과해왔을까 숙연해지기도 합니다.

경기도 하남 편, 어머니의 여든번째 생신을 축하하러 나온 50대의 3남매는 축하와 감사의 마음을 전하며 무대에 섰습니다. 어머니는 세 아이가 차례로 태어난 직후인 30대 초반부터 홀로되셨는데, 갖은 고생을 하며 자신들을 훌륭하게 키워주셨다고 해요. 그런데 그들이 흥겨이 부르는 노래 가사가 뜻밖에 쓸쓸하고 서글퍼서 잠깐 멈칫하게 됩니다.

"어두운 바닷가 홀로 남은 새야
갈 곳을 잃었나 하얀 바다새야
힘없는 소리로 홀로 우는 새야 (새야)
네 짝을 잃었나 하얀 바다새야 (우 우 우)"
(바다새의 노래 〈바다새〉)

여기서 짝을 잃은 바다새는 홀어머니를 비유한 것일까요? 노랫말에 의미를 담기보다 남녀 혼성 트리오 곡으로 적당히 부를 만한 것을 찾다보니 선곡이 공교롭게 그리된 것이겠지요? 남매는 우수상 부상으로 100만 원권 백화점상품권을 받으면서 그들이 보여줄 수 있는 효의 절정을 구현하고 좌중의 인정을 받습니다. 기뻐하는 얼굴 표정이 서로 닮아 있습니다.

송대관씨가 그랬나요, 쿵짝쿵짝 네 박자 속에 사랑도 있고 이별도 있고 눈물도 있다고요. 〈전국노래자랑〉은 효 말고도 노래 속에 펼쳐지는 한 글자들의 향연입니다. 흥, 끼, 뽐, 춤, 신, 쿵과 짝, 그리고 거의 매번 선곡에서 빠지지 않는 "찐찐찐찐 찐이야"의 찐. 이 모든 것이 소란스럽고도 자연스럽게 무대를 꽉 채웁니다.

아, 그리고 힘도 있었습니다. 충북 영동군 편이었던 이번 주 방송에서는 영동군청 소속 여성 씨름 선수들 예닐곱 명이 나왔거든요. 춤과 노래를 마친 그들은 예상되다시피 사회자 김신영씨에게 샅바를 건넸습니다. 혼자 있어도 자그만데 키 차이가 족히 20센티미터는 날 것 같은 상대 선수 앞에서 더 자그마해진 김신영씨는 "이겨? 말어?" 하며 짐짓 여유로운 척 허세를 부렸지만, 보는 이들은 이 멘트가 더 극적인 패배 장면을 만들어내기 위한 밑작업이라는 것을 이미 눈치채고 있습니다. 선수가 맞배지기로 번쩍 들어올리자 공중에 뜬 채로 허우적허우적, 맥없이 사위를 휘저으며 버둥대는 김신영씨의 잘동막한 팔다리가 클로즈업됩니다. 번쩍 들려야 할 때가 언제인지를 분명히 알고 들리는 이의 버둥댐은 얼마나 아름답던지요.

평생 들은 것보다 많은 트로트곡들을 집중적으로 들으며 지낸 시기가 기억납니다. 2020년 봄, 팬데믹이 심각하게 번져나가던 때였습니다. 카페에도 갈 수 없고, 식당도 일찍 문을 닫고, 확진이 되면 어디를 다녀가서 누구를 만났는지가 공개되며 비난받기에 무엇보다 사람을 만나는 일이 두려운 때였습니다. 겨울 한 달을 집에 칩거하며 마감한 원고의 출간은 무기한 미뤄지고, 아이디어를 써보낸 광고 론칭이 취소되면서 돈도 해명도 사과도 받지 못했어요. 질병에 감염되거나 사망하거나 직장을 잃는 사람들이 많은데 그 가운데 제 처지가 특별히 힘든 것도 아니었죠. 다만 갑자기 많아진 시간이 어색해 밤마다 집에서 술을 마시거나 경연 프로그램 〈미스터트롯〉을 봤습니다.

제가 특히 열광했던 무대는 태권도를 하며 노래 부르는 출연자의 예선전이었어요. "태평양을 건너 대서양을 건너 인도양을 건너서라도 당신이 부르면 달려갈 거야"

하는 노래를 부르며 동시에 무대 이 끝에서 저 끝까지 공중제비돌기를 이어가는데 너무 힘차서 그대로 돌면서 바다까지 건널 수 있을 것 같더라구요. 분명 하체가 더 높은 곳에 있고 머리가 아래에 있는 순간에도 그 상태로 마이크를 잡고 노래를 멈추지 않는 출연자를 보면서 그 폐활량이, 코어 근육이 너무 감탄스러웠던 기억이 나요. 지금은 그때처럼 자주 술을 마시지도 못하고 TV 음악 경연 프로그램을 몰아서 보지도 않으며, 트로트 대신에 다른 음악들을 고루 찾아 듣습니다. 세상도 저도 팬데믹에는 어느 정도 적응해서 다시 균형을 찾은 것처럼 보입니다. 다만 당시의 저에게는 그렇게 TV 앞에서 넋 놓을 시간이 필요했던 것 같습니다. 반짝이는 조명이 돌아가고 노래가 계속되는 동안은 세상에 가득한 고통이 잠시 멈추는 것 같았어요. 중력도, 갑갑한 현실의 우울도, 코로나의 불안도 잊을 수 있을 것처럼요.

사람은 노래하고 춤을 춥니다. 기쁠 때뿐 아니라 슬플 때도 그것들을 필요로 해요. 신앙을 가진 사람들이 일요일마다 예배당이나 절에 가듯 어떤 사람들은 TV를 틀어놓고 그 앞에 앉아 있을지도 모르겠다는 생각을 합니다. (심지어 바흐 시대 이전부터 교회나 성당이나 절에 가도 노래가 있었지요.) 그리고 세상 속으로 돌아가는 월요

일부터 토요일까지의 나머지 여섯 날에 힘을 내어 일하고, 슬픔을 견디고, 화를 내고, 해야 할 싸움을 이어나갈지도 모른다고요. 전통음악에 담긴 정서로 '한'을 이야기할 때 보통 사람들의 삶과는 동떨어진 너무 강렬한 개념이 아닌가 생각했었는데 조금씩 수긍하게 됩니다. 사람들이 자꾸 억울하게 죽는 사회에서, 낫기도 전에 또 쌓이는 이 슬픔과 좌절의 응어리는 다 어디로 갈까요?

안부를 묻기가 조심스럽습니다. 바로 지난 편지에서 버거 값을 치르지 못해 곤란해하다 담배 세 갑과 물물교환이라는 신박하고도 유쾌한 해결책을 만나는 늦은 밤의 혼비씨를 상상하며 웃었는데, 그 노점이 있던 장소가 이태원이라는 사실을 떠올리니 이제 마음이 저릿합니다. 물론 저의 이태원에서도 수많은 즐거운 에피소드가 있었습니다. 대체 우리 중 누구에게 그렇지 않겠어요?

혼비씨는 무엇에 기대어서 이 시간을 견디고 있나요? 담요님은 담배가 더 늘진 않았는지 모르겠어요. 부디 사소하지만 도움이 되는 것들을 곁에 두고 단단히 붙드시길 바랍니다.

2022년 11월 8일

황선우 드림

신앙을 가진 사람들이 일요일마다 예배당이나 절에 가듯
어떤 사람들은 TV를 틀어놓고
그 앞에 앉아 있을지도 모르겠다는 생각을 합니다.
그리고 세상 속으로 돌아가는
월요일부터 토요일까지의 나머지 여섯 날에
힘을 내어 일하고 슬픔을 견디고, 화를 내고,
해야 할 싸움을 이어나갈지도 모른다고요.

김
혼
비

×

"누군가 세상을 떠났다는 것을
나무들까지도 알고 있네"

×

황
선
우

몸과 마음을 바닥에 질질 끌듯 조금 힘겹고 무겁게 11월을 통과하고 있습니다. 여러 일정과 약속들을 취소했고, 과수면과 불면 사이를 끝없이 왔다갔다하고 있고, 좀처럼 끝날 것 같지 않은 두꺼운 책들과 긴 드라마를 골라 폭식하듯 읽고 보았습니다. 친구들을 만난 이틀을 빼고는 근 한 달 동안 술은 조금도 마시지 않은 대신 아침마다 보이차를 마시기 시작했고, 6.1킬로그램의 하리보를 먹었습니다. 그래도 마음이 도무지 나아지지 않을 때는 근처 관악산에 오르기도 했는데, 이번만은 생각보다 산이 그리 위로가 되어주지 못했어요. 가을에서 겨울로 넘어가는 나무들이 유난히 쓸쓸해 보여서, 『슬픔의 위안』(론 마라스코·브라이언 셔프, 김설인 옮김, 현암사, 2019)에서 한 번 읽은 뒤로 머릿속에 가시처럼 박혀버린 앤 섹스턴의 시구가 자꾸 떠오르고야 말았습니다.

> 누군가 세상을 떠났다는 것을
> 나무들까지도 알고 있네.
> _앤 섹스턴, 「애도Lament」 중에서

나무들은 정말 알고 있는 것 같았어요. 모든 나무들이, 모든 죽음에 대해서요. 산마다 길마다 슬픔이 잔뜩 스민 나무들이 이렇게나 많은 계절이었던가요, 11월은. 그리고 저 시구처럼, 머릿속에 가시처럼 박혀 자꾸 떠오르는 것들이, 떠오를 때마다 가시가 다시 박히는 것처럼 괴로운 것들이 갑자기 많아졌습니다.

그날 새벽 대체 무슨 말인지 이해할 수 없는 소식을 듣고 상황을 파악하기 위해 인터넷에 들어갔다가 무방비 상태로 봐버린 영상과 사진 속 이미지들은 여전히 꿈속까지 따라 들어와 잠을 갈가리 찢어놓습니다. 일선에서 취재중인 기자 친구에게 듣는 여러 뒷이야기들은 낮밤을 가리지 않고 기습적으로 달려들어 심장을 아프게 틀어쥡니다. 그럴 땐 이제 그냥 웁니다. 아니면 하리보를 먹거나요.

최근에 제 머릿속에 아프게 박힌 가시는 가방입니다. 기분 전환이 될까 싶어 아홉 달 만에 간 미용실에서 열심히 펌을 말아주던 처음 보는 디자이너 선생님께 뜻밖의 이야기를 들었습니다. 선생님의 지인이 큰마음을 먹고 당근마켓에 올라온 81만 원짜리 가방을 샀다고 해요. 그렇게 고액이 오가는 거래는 무조건 직거래로 해야 안전하다는 것을 모르지 않았지만, 게시물이 올라오자마자 채팅이 5개가 걸린 상황에서(사실 저는 당근마켓을 해본 적이 없어서 '채팅이 5개 걸렸다'는 게 무엇을 의미하는

지 정확히는 모르지만, 뭔가 치열한 경쟁이 붙었다는 느낌이려니 짐작하며 들은 대로 일단 적어봅니다) 그중 선입금자에게 가방을 팔겠다는 판매자의 말에 다급해진 A씨는 덜컥 돈을 보냈습니다. 그리고 다음날 발송했다고 진작 연락이 왔어야 할 판매자에게 이틀간 메시지를 보내고 전화해도 연락이 끝까지 닿질 않아 A씨는 중고거래 사기로 신고했고, 그로부터 한참 후에 경찰을 통해 그 판매자가 10.29 이태원 참사 희생자라는 걸 듣게 되었습니다. 사정을 안 유가족 중 한 분이 곧 그 가방을 보내겠다고 약속했다는 말과 함께요.

당연히 당근마켓 사기사건 이야기인 줄 알고 너무나 아무런 마음의 준비 없이 이야기를 들었기 때문일까요. "언니라면 그 가방을 들고 다닐 수 있겠어요?"라는 이 이야기의 결말이기도 한 질문이 가혹할 정도로 심상하게 툭 던져졌기 때문일까요. 미용실을 나설 즈음엔 이 이야기가 불러일으킨 슬픔의 무게가 너무 무거워서, 함께 간 친구도 저도 정말 한참을 아무 말 없이 걷기만 했습니다. 마치 그곳에서 그 가방을 받아온 듯 어쩔 줄 모르면서요. 그러게요. 우리는 이 가방을 어디에 어떻게 놔둬야 할까요?

이런 죽음들을 겪을 때마다 여전히 무엇을 어디에 놔둬야 할지 잘 모르겠습니다. 우선 제 몸과 마음부터도 어디에 두어야 할지 모르겠어요. 울다가, 오늘의 세번째 하리보 봉지를 뜯어 초록색 젤리를 골라먹는 데에 몰두하다가, 잠들기 위해 수면제 한 알을 입에 넣다가, 관련된 건 하나도 놓치지 않겠다고 기를 쓰고 찾아 읽다가, 관련된 건 하나도 보지 않겠다고 기를 쓰고 책이나 드라마 속으로 도망치다가, 문득문득 어리둥절해집니다. 이보다는 담담하게 받아들여야 하지 않을까 싶다가도 때로는 이보다는 더 고통스러워야 하지 않을까 싶습니다. 어떤 날에는 슬픔에 휘둘려 아무것도 못하는 제가 나약하게 느껴졌다가 어떤 날에는 변함없이 일상을 꾸려나가는 제가 잔인하게 느껴집니다. 어디서부터 어디까지가 온전히 마음에서 흘러나오는 슬픔이고, 그래야 한다고 학습된 슬픔인지 헷갈리기도 합니다.

모두가 각자의 자리에서 저마다 느끼는 고통에 대해 충분히 말하고 귀 기울이며 서로에게 '고통의 곁'이 되어 주어야 개별적 슬픔이 모여 하나로 연결될 수 있다는 말을 믿으면서도, 상담 선생님께 힘든 마음을 털어놓다가 이런 시기에 감히 고통이라는 단어의 주어 자리에 제가 잠깐이라도 앉는 게 가당키나 한지 부끄러움이 몰려와 갑자기 상담을 끊기도 합니다. 그것은 한 달째 완전히 멈춰있는 제 SNS를 보고 괜찮은지 걱정돼서 보낸다는 온-오프 친구들의 안부메시지를 받을 때마다 드는 죄책감과도 비슷합니다. 이 일로 걱정의 목적어가 되는 건 고통의 주어일 때보다 몇 배 더 무언가를 훔쳐낸 것 같은 기분이 듭니다. 그리고 이 모든 '이래도 될까?'라는, 슬픔 속에서 어떤 유의 당위나 윤리를 가늠하려는 감정들이야말로 제가 이 커다란 비극의 중심에서 실질적으로는 거리가 먼, '바깥에 있는 사람'이기에 가질 수 있는 감정이라는 것에 대해 생각합니다. 제가 유가족이었을 때 느꼈던 슬픔은 가늠의 여지조차 없는 슬픔이었다는 걸 기억하고 있어요. 바깥의 사람이라는 이 거리는 온전한 공감을 불가능하게 하겠지만, 이 거리가 가능하게 해주는 일을 하나씩 찾는 게 애도의 시작일지도 모르겠습니다. 슬퍼만 하는 시간에서 벗어나서요.

엊그제 청룡영화상 시상식에서 배우 문소리씨가 "너를 위한 애도는 이게 마지막이 아니고, 진상규명되고 책임자 처벌되고 그 이후에 더더욱 진짜 애도를 할게. 지호야, 사랑해"라고 말하는 것을 보면서 지호씨를, 어쩌다 알게 된 몇 이름들을, 가방의 주인을, 이태원에서 본 이후

또하나의 머릿속 가시가 되어 떠올릴 때마다 어김없이 울고 마는 편지 "오늘 너한테 처음으로 절해봤어. 처음 주는 꽃이 국화라서 진짜 미안해"의 수신인을, 어딘가에서 자신의 삶을 꾸리며 살아갔던 이들을, 시상식을 보던 많은 사람들과 비로소 함께 애도할 수 있었습니다. 함께 울고 슬퍼할 수 있었어요. 사회학자 엄기호씨가 〈한겨레21〉 칼럼에서 "이 참사의 낯선 모습과 대면해 새로운 이야기를 만드는 시간으로 애도를 시작해야 한다"며, "그 열어젖히는 이야기를 시작하는 것, 그것이 애도의 시작이다"라고 썼던 게 떠오르는 순간이었습니다. 이 글의 제목은 '애도가 사회의 크기를 결정한다'입니다.

선우씨가 지난 편지에서 '사람은 슬플 때도 노래와 춤을 필요로 한다'고 쓴 걸 보면서 고개를 크게 끄덕였어요. 국가애도기간이라는 선포가 애도의 다양한 형태를 지워버리고, 마치 애도에 정해진 시간과 끝점이 있기라도 한 듯 애도의 시간성을 한정해버리는 것에 대해 생각하면서요. 뚜렷한 책임소재가 있는 일을 그저 '우리 모두의 잘못이다'라는 몽롱한 말로 뭉개버리려는 듯 국민 모두에게 애도를 강제함으로써 진정한 책임을 전체에게로 분산하고, 자신들에게 제기되는 애도의 정치적 책임을 회피하는 방식으로 쓰이는 것에 대해서도요. 애도가 대통령의 진정한 사과와도 구별되는 것이고, 진상규명과 책임자 처벌과도 구별되는 것이며, 참사가 반복되는 구조적 원인에 대한 탐구와도 구별되는 것이라면, 정부가 말하는 애도는 대체 무엇일까요. 슬픔을 가능한 한 빨리 봉합하고 희생자들이 최대한 빨리 잊히고 모두가 일상으로 완전히 돌아가며 끝이 나는 것? 이번 참사를 겪으면서 여실히 깨닫게 된 건 제 안에서는 아직 세월호에 대한 애도도 끝나지 않았다는 것이었습니다.

프로이트가 그랬다죠. 정상적인 애도란 상실한 대상을 잊고 그 대상에 투사한 리비도를 거두어들여 다른 대상에 전이함으로써 애도를 끝내고 다시 일상으로 돌아가는 것이며, 일정시간이 지나도 소멸되지 않고 감정적 애착이 단절되지 않는 애도는 실패한 애도(우울증)라고요. 하지만 제게는 이런 프로이트에 대한 데리다의 비판이 언제나 더 와닿습니다. 애도에 완성이나 종결은 없고 그것은 평생 지속되는 것이며, 애도는 실패함으로써 완성되는 것이라는, 애도는 실패해야(그것도 잘 실패해야) 성공하는 것이라고 한 말을요. 프로이트의 애도가 고인의 타자성을 지워버리는 '망각의 애도'라면, 데리다의 애도는 고인의 타자성을 내 안에 기억으로 보존하는 '기억의 애도'일 텐데요. 몇 번의 죽음들을 겪으면서, 저는 데리다의 저 말은 '이해한다'의 영역이 아니라 '(모르고 싶어도) 알아진다'의 영역에 들어가는 말이라고 생각했어요. 슬픔은, 그리고 기억은, 아무리 없애고 싶어도 박혀 있는 것이니까요, 가시처럼.

물론 데리다는 애도의 개념을 '원초적 애도'로까지 밀고 나가서, 애도란 태어나면서부터 시작되는 것, "인간의 삶에 영속적으로 내재하는 본질적인 조건"이라고 하는데요, 그러면서 "나는 애도한다. 고로 존재한다"라고까지 선언합니다. 이 말을 제 식대로 속되고 쉬운 말로 바꿔보면 '애도하지 못하는 게 인간이냐? 애도할 줄 모르는 게 사람이야?'일 텐데, 이 말 역시 '모르고 싶어도 알아진다'의 영역에 들어가는 말인 것 같아요. (부디 정부가 인간이기를.) 언제까지가 될지 모르지만 열어젖혀지는 이야기들이 계속되는 한, 귀담아 듣고, 똑똑히 기억하고, 필요한 때에 필요한 목소리와 행동을 보태는 애도를 다짐합니다. 실패할 수밖에 없는 애도를, "더더욱 진짜 애도를"요.

어쩌다보니 지난주에도 이태원에 다녀왔습니다. 다음주 화요일 오후에도 잠시 들르게 될 테고, 앞으로도 적어도 한 달에 한 번은 이태원에 갈 일이 계속 생길 것 같아요. 생각보다 일이 일찍 끝나서 이곳저곳 조금 걷다가 왔습니다. 정말 공교롭게 지난 편지에 쓰게 됐던 버거집 근처도 걷고, 이태원역 1번 출구 앞 추모공간에 한참을 머물렀다가, 골목 한쪽에 제사상을 차려 희생자들을 추모하셨던 분의 가게에서 제가 가질 가방과 키링, 그리고 친구들에게 줄 크리스마스 선물들을 샀습니다.

그러게요. 이제 벌써 크리스마스 시즌입니다. 지난주에는 마침 P님이 보내신 올해의 첫 슈톨렌이 도착했고, 저의 젤리 중독을 안 오은이 광기를 담아 보낸 알록달록한 크리스마스트리 장식 같은 젤리 2.7킬로그램(!)이 도착한 것을 보면서, 저도 이제 조금씩 크리스마스 맞을 준비를 해야겠다고 생각했습니다. 이제 곧 해리포터를 만날 시간이 다가오네요. 그리고 그전에 먼저 선우씨를 만날 날이 다가옵니다! 다음 인사는 만나서 하기로 해요, 우리—

2022년 11월 27일

김혼비 드림

황선우

×

영원히 유창해지지 못할 언어로, 우리는

×

김혼비

혼비씨,

지난주에는 오랜만에 혼비씨를 만났습니다. 몇 가지 이유로 연말이면 기분이 잘 가라앉는 편인데, 보고 싶던 이름들을 찬찬히 불러 얼굴을 들여다볼 핑계가 되어준다는 점만은 좋아요. 우리가 이렇게 편지를 주고받기로 하고 만나서 이야기를 나눈 게 벌써 지난해 연말의 일이었더라고요. 제가 '장수님'이라고 부르는 이야기장수 이연실 편집자까지, 이 책을 함께 만들어나가는 우리 셋이 1년 만에 다시 모이게 되었습니다.

친구를 만날 약속을 잡고 나면 혹시 내가 놓친 근황이 있을까 싶어 SNS에 들어가서 한 번쯤 훑어보며 예습하는 건 저만의 습관은 아니겠죠? 날짜를 정하기 위해 서로 연락을 주고받던 가운데 장수님이 최근에 출간한 다른 작가님의 책도 살펴보고, 신문에 연재중인 칼럼도 읽었습니다. 칼럼에는 이렇게 적혀 있었어요.

"요즘의 작가와 편집자는 술집에서 '의리'를 다지지 않는다. 오로지 우리 스스로가 해내고 이룬 작업만이 다음을 기약해준다는 것을 우리는 안다."

하필 작가와 편집자가 술집에서 만날 약속을 주도하는 중이던 저는 뜨끔했습니다. 일 자체보다 사적인 친목을 우선하는 끈적한 협업 관계를 지양한다는 뜻인 줄은 알지만…… 올해 해내고 이룬 것이 별로 없는 채 이 사람들을 술집으로 불러내게 생겼기 때문입니다. 의리를 다지지 않고 그냥 같이 산뜻하게 놀기만 하면 괜찮지 않을까 하는 비굴한 생각도 잠깐 들었어요. 아무튼, 술 마실 약속은 정해졌습니다.

"왜, 지난 연말에 우리가 만났을 때 편집자님이 연하장을 주셨잖아요. 뭐더라, 그 가수 노래가 나오는…… 이씨인데…… 이말년?"

두번째 생맥주 잔을 앞에 두고 있을 즈음 혼비씨가 1년 전 우리의 만남에 대해 이렇게 언급했어요. 편지에서 혼비씨가 자꾸만 고유명사를 틀리거나 원고에 오자를 낸다며 번아웃 증상을 설명했을 때는 안타깝기도 하고 짠하기도 했는데, 술자리에서 실시간으로 그 현장을 목격하니 걱정스럽기보다 웃음이 터져나왔습니다. 글을 쓸 때 우리는 그 자리에 들어갈 적확한 단어를 찾으려 고민하고 여러 번 바꿔보기도 하면서 지난한 퇴고를 거치지만, 말할 때는 느슨하고 우발적으로 던져놓게 되잖아요. 혼비씨뿐 아니라 요즘의 저와 제 친구들도 늘 그렇게 듬성듬성 말하고 스무고개를 우당탕탕 굴러가는데도 엉망진창인 대화를 신기하게 서로 알아들으며 이어갑니다. 심지어 깜깜한 데서 출발해 퀴즈부터 하나 냅다 던져놓고 이야기를 시작해 집단지성으로(그런데 참여하는 누구도 지성적이라 부르기는 어려운 유추의 과정을 거쳐) 완성하기도 해요. 이런 식입니다.

대화1
"그 사람 말이야."
"누구?"
"이름이 부조리 이런 느낌이야. 축구 감독."
"아, 무리수?"
"무리뉴겠지."

대화2
"흑인음악 하는 남자 가수."
"마이클 잭슨? 존 레전드?"
"좀 요즘으로 와봐."
"위켄드?"
"아니 그렇게까지 요즘은 아니야."
"브루노 마스?"
"그래, 브루노 마스가 말이지……"

김하나 작가랑 저는 같이 좋아하던 퍼즐 게임 이름

이 생각나지 않아 한참 헤맨 일도 있어요. 아름다운 그래픽과 배경음악, 환상적인 공간 디자인, 주인공 인물의 생김새도 떠오르는데 제목이 가물가물하지 뭐예요. 깜깜한 머릿속을 더듬더듬 움직여 영어 단어 두 개의 조합이라는 것, 네 글자 다음 두 글자가 온다는 것, 그리고 M 자가 들어가는 단어를 포함한다는 데까지는 도착을 했습니다. "잠깐만! 뭐더라…… 밀레니엄 파크?" 정답은 '모뉴먼트 밸리'였어요.

혼비씨는 장수님이 우리에게 준 연하장, 그러니까 2022년 임인년을 기념해 만들어진 카드를 열면 호랑이 그림이 나타나면서 자동으로 흘러나오는 이날치의 노래 〈범 내려온다〉를 말하고 싶었는데, 이날치가 도무지 떠오르지 않아 애꿎은 이말년을 외치던 것이었죠. 그러나 (심지어 사람 이름조차 아닌) 부조리와 무리뉴의 머나먼 상관관계를 떠올려볼 때 같은 한국 사람인데다 같은 이씨 집안인 이날치와 이말년 정도면 얼마나 가까운 편인가요? 거의 범과 고양이만큼이나 한 핏줄인 셈입니다.

실은 바로 앞 편지에서 혼비씨가 어떤 시간을 보내고 있는지 읽은 뒤라 덥석 손을 잡아주고 싶은 마음으로 나간 만남이었는데, 어쩐 일인지 우리는 시시껄렁한 농담이

나 신변잡기만 주고받다 헤어진 것 같습니다.

혼비씨의 지난 편지에서, 발송이 늦어진 가방 이야기를 읽고 조금 울었어요. 헤어디자이너 선생님의 지인 A씨가 당근마켓에서 구매했던 가방, 거래자가 10.29 참사 희생자였기에 뒤늦게 받는다고 해도 도저히 갖고 다닐 수는 없을 그 가방 말입니다. 그리고 또하나의 가방 이야기가 있죠. 배우 문소리씨가 청룡영화상 시상식에서 언급한, 스타일링 스태프 고 안지호씨가 챙겨 촬영 현장에 챙겨 다니던 묵직하고 커다란 의상 가방. 그 두 개의 가방을 생각합니다. 혼비씨의 정확하고도 상세한 글이, 미처 설명하지 못하던 저의 감정까지 말해주는 것 같았어요. 고맙습니다.

처음 가족의 죽음을 겪은 때가 연말이었어요. 상복 아래로 파고들어 뼛속까지 시리던 겨울 새벽 화장터의 공기. 아직 상가에 다녀본 경험이 많지 않아서 절을 어디서 몇 번 해야 하는지도 잘 모르던 내 친구들의 엉거주춤한 어깨. 각자 다른 시간에 각자 다른 방식으로 터져나오던, 익숙한 사람들의 낯선 울음소리 같은 것들이 떠오릅니다. 살면서 가장 많은 위로의 말을 들으면서 아주 많이 고마운 동시에 어떤 위로도 와닿지 않아 놀랍던 기간이기도 했어요. 백수린 작가의 산문집 『아주 오랜만에 행복하다는 느낌』(창비, 2022)에 이런 구절이 있습니다.

"슬픔 앞에서 사람들은 자신이 겪고 있는 감정과 타인의 감정이 끝내 포개지지 않는다는 사실에 더없이 예민해지고, 슬픔이 단 한 사람씩만 통과할 수 있는 좁고 긴 터널이라는 걸 깨닫게 된다."

시간이 흐르고 나이를 먹을수록 부고를 듣는 일이 잦아집니다. 이제 상가에 가서는 "안녕하세요" 인사를 하지 말아야 한다거나 술을 마시더라도 잔을 부딪치지는 않는다는 걸 알아요. 안녕하지 못한 일로 방문한 것이고, 건배를 들 상황이 아니니까 말이죠. 배가 많이 고프지 않더라도 권하는 육개장을 한 그릇 먹고 돌아옵니다. 내 손님이 찾아와 식사하는 동안은 그 앞에 앉은 상주도 뻣뻣해진 다리를 두드리고 물도 한잔 마시며 쉴 수 있으니까요. 고인의 연세나 병력, 언제 병원에 입원했고 또 임종 시에 누가 곁에 있었는지, 그런 어색하고 불편한 질문을 합니다. 거기에 답을 하는 동안 비로소 가족들도 이 상실을 이야기로 엮어내 입 밖으로 내면서 조금씩 받아들인다는 걸 저도 겪었으니까요. 소중한 이의 죽음을 겪고 있는 사람의 슬픔은 고유한 것이어서 어떤 위로의 말도 뭉툭하게 미끄러지며 둔하게 비껴갈 뿐이겠지만, 그래도 우리는 영원히 유창해지지 못할 언어로 서툴게나마 이런 것들을 서로 묻고 답해야 할 거예요. 가끔은 입을 닫고 가만히 거기에 같이 있어줄 수도 있겠죠. 터널 속으로 같이 들어갈 수는 없겠지만 적어도 빠져나올 때까지 지켜봐주면서요.

혼비씨는 이날 드라마 〈막냇집 재벌아들〉 이야기로, (〈재벌집 막내아들〉이죠) 또 김하나 작가가 〈주간 문학동네〉에 연재한 언어의 풍경에 대한 칼럼 제목을 '워드프로세서'라고 언급하면서(〈워드스케이프〉입니다) 장수님과 저에게 여러 번의 웃음을 주었습니다.

얼마 전에는 또 이런 일도 있었어요. 김하나 작가와 같이 친구 선물을 사러 백화점에 갔다가 화려한 크리스마스트리 장식을 보고 "연말이네!"라고 외쳤어요. 그런데 뭔가 대화가 매끄럽게 이어지지 않아서 확인해보니 상대방은 "계란말이네!"로 알아들었더라구요. 가족의 기일이 있는 연말은 어쩔 수 없이 저에게 장례식을 떠올리게 하고 스산한 기억들을 연쇄적으로 불러오지만 그럼에도 연말과 계란말이 사이, 알록달록하고 따뜻하고 폭신폭신하며 사람들을 들뜨게 만든다는 공통점을 발견하고 웃습니다. 이렇게 몇 번 몇십 번의 계란말이를, 아니 연말을 더 보내고 난 먼 미래를 상상해봐요. 저와 친구들도, 혼비씨도 서로가 나누는 말 가운데 '거시기'가 대부분인 채로 대화를 무리 없이 이어가는 할머니들이 되어 있을지도 모르겠습니다. 우리는 아주 많은 사람들을 떠나보내고 아주 많은 슬픔과 분노를 겪어낸 뒤겠지요. 많은 기억을 잊어버리고 또 어떤 기억은 선명한 채로, 그럼에도 자주 웃을 수 있기를 바랍니다.

2022년 12월 13일

황선우 드림

그래도 우리는 영원히 유창해지지 못할 언어로
서툴게나마 이런 것들을 서로 묻고 답해야 할 거예요.
가끔은 입을 닫고 가만히
거기에 같이 있어줄 수도 있겠죠.
터널 속으로 같이 들어갈 수는 없겠지만
적어도 빠져나올 때까지 지켜봐주면서요.

김혼비

×

'재랑 놀지 마라'의 '재'를 맡고 있습니다

×

황선우

일 년 만에 셋이 만난, 의리는 끼어들 틈 없이 산뜻했던(강조!) 모임, 정말 즐거웠습니다. 저는 그날 선우씨가 장수님의 이런저런 고민에 때로는 다정하게 함께 해답에 이르는 길을 모색하고, 때로는 명쾌하게 해답을 제시하던 모습들이 기억에 많이 남아요. 그날 저는 코로나의 끈질긴 뒤끝에 가로막혀 제대로 술을 마시지 못했지만, 마치 단단히 얼려놓은 잔에 담긴 생맥주를 단숨에 마신 것처럼 뱃속까지 시원해지는 것 같았어요. 선우씨의 시원시원한 상담을 계속 듣고 싶어서 당장 꺼내놓을 만한 고민을 갖고 있지 않은 제 상황이 아쉬웠을 정도로요. 선우씨의 말을 되새겨보는 장수님의 얼굴에서 근심에 눌려 있던 부분이 점차 구김 없이 펴지다가 환해지는 것을 보면서 이쪽에서 나온 힘이 저쪽으로 흘러가 어떤 생기 띤 변화를 가져오는 정직한 회로를 지켜보는 기쁨을 느꼈습니다. 그것은 얼마 전 크리스마스 새 단장을 한 친구네 사무실에서 스위치를 켜면 크리스마스트리에 휘감긴 전구들에 동시에 불이 반짝 들어오는 것을 보는, 너무나 당연하지만 너무나 아름다워서 몇 번 더 스위치를 껐다 켰다 하며 신기해하는 기쁨과도 닮았어요. 크리스마스 같은 모임이었습니다.

그렇지 않아도 저도 그 모임이 있고 얼마 지나지 않아 선우씨의 편지가 마침맞게 도착할 무렵, 친구 흔(가명)의 아버지 부고를 받고 상가에 다녀왔습니다. 사는 지역이 달라 원래도 자주 못 봤지만, 흔이 아버지 간병을 시작하면서부터는 코로나에 절대 걸려서는 안 된다는 위기의식의 발로로 집과 요양병원 오가는 길 바깥으로는 나오지 않아 거의 3년 만에 만나는 거였어요. 조금 헐렁한 상복을 입고 어머니 곁에 서 있는 흔은 40대인데도 왜 그리 어린애처럼 보이는지 저도 모르게 조카에게 하듯 흔의 머리카락을 몇 번 쓸어내렸습니다. 어느 사회적 모임에서 만나 소소한 일상의 이야기보다는 주로 특정 주제가 있거나 일과 관련한 전문적인 이야기를 나누어온 사람이 사실은 누군가의 딸이고, 그 관계망 안에서 남이 모를 무거운 짐들을 홀로 짊어지고 사는 존재이며, 꺾이기 쉬운 무방비한 인간이라는 것을 상가만큼 여실히 깨닫게 해주는 장소는 없는 것 같아요.

늦은 시각이라 조문객이 별로 없어서 흔이 가져온 밥과 찬을 먹으며 오랜만에 차분히 이야기를 나눴습니다. 흔은 워낙 오랫동안 마음의 준비를 했고 원 없이 많은 시간을 함께 보냈고 무엇보다 아버지가 더이상 괴로워하지 않아도 된다고 생각하니 오히려 마음이 평온하다며 그간의 간병생활부터 임종을 지키던 순간까지를 담담히 회고했습니다. 흔이 처음으로 눈물을 보인 것은 의외의 부분이었어요.

"솔직히 나는 내가 이런 걸 신경쓸 줄은 정말 몰랐거든? 근데 옆집에서 화환 둘 자리 모자라다고 우리 쪽에 양해를 구하면서 자꾸 자리 넘어 들여놓는데, 그때부터 화환 적은 게 왜 이렇게 속상하냐? 누구네는 화환이 넘쳐나는데 우리는 화환이 모자라니까, 가시는 길에 뭔가 모자라는 것 같아 쓸쓸하고 오는 손님들한테도 아버지 초라해 뵈는 것 같아 마음 쓰이고. 사실 화환 그거 뭐라고, 진짜. 다 쓰레기만 되는 건데……"

흔의 말을 들으며 흔의 아버지께서 해오신 일도, 한 회사의 외주를 오래 맡고 있는 흔의 일도, 그 특성상 화환을 보내올 만한 곳이 많기 힘든 종류의 일이라는 것을 그제야 깨달았습니다. 그래서 물어봤어요.

"그럼 내가 집에 가서 화환 보낼까? 두 개 보낼까?"

평소였으면 누구에게 뭘 받는 걸 미안해하고 퍼주어야 직성이 풀리는 성격상 그러지 말라고 극구 만류하고도 남았을 흔이 갑작스러운 제안에 당황해 잠시 주춤하긴 했어도 끝내 사양하지는 않는 걸 보면서, 상가를 나서는 저를 배웅하러 나온 흔이 옆 호실 앞에 즐비하게 늘어선 화환들에 쓸쓸한 눈길을 던지는 걸 훔쳐보면서, 이 문제가 지금 흔에게 얼마나 사무쳤는지 알 것 같았습니다. 이대로 두면 화환이 흔에게 평생 한이 될지도 모르겠다, 화환이 회한이 되는 꼴은 못 보겠다, 조바심이 난 저는 돌아오는 차 안에서 바로 검색을 했습니다. 지금(새벽 1시 40분경) 서둘러 주문하면 아침 7시까지 화환이 배달되겠더군요.

상가에서 나오며 재빨리 벽 사이사이 빈 공간을 훑어봤을 때 6개는 주문해야겠다고 마음먹었는데, 문제는 화환에 넣을 문구로 ①사랑하는 흔의 친구+제 본명 ②제 회사 이름+대표 이름, 이 두 조합을 써놓고 나니 나머지 4개를 어떻게 채울지 조금 막막했어요. '친구'라는 이름으로 보내는 개인 화환은 ①번 하나가 있으니 나머지는 흔의 바람대로 그럴듯해 보이는 회사나 조직 이름으로 채우고 싶은데 저에게 회사 이름을 빌려줄 만한 친구들은 다 자고 있을 시각이었거든요. 그래도 몇몇 곳에 메시지를 보냈고 저의 아주 막역한 술친구이자 『아무튼, 술』을 함께 작업했던 김태형 대표님이 바로 흔쾌한 답을 주셔서 ③제철소 출판사+대표 김태형, 까지 확보한 뒤 나머지 세 개는 제 책 제목들을 활용해서 급히 창작했습니다. 『다정소감』에서 따서 ④다정상사+제 영어 이름, 『우아하고 호쾌한 여자 축구』, '우호여축'에서 따서 ⑤우호공방+대표 김혼비, 박태하와 공저한 『전국축제자랑』에서 따서 ⑥전국축제연구회+대표 박태하, 이런 식으로요.

아침에 일어나보니 친구들이 보낸 '얼마든지 내 이름과 회사 이름을 써도 된다'는 요지의 답들과, 화환회사에서 무사히 배달 후 찍어 보낸 인증샷들과 함께 "ㅋㅋㅋㅋ"와 하트 이모티콘이 비슷한 비율로 흩뿌려진 흔의 메시지가 도착해 있었습니다. 보낼 땐 나름 그럴듯하다고 여겼는데요, 사진을 보니 저런 요상한 이름들이 리본띠 위에 궁서체로 쓰여 있으니까 뭔가 어이없으면서 더 수상쩍어 보이더라고요. 아, 몰라, 저걸 누가 자세히 읽겠어, 하고 지나갔는데 얼마 후 상을 다 치르고 남은 주변 정리를 마친 흔에게서 전화가 왔습니다.

이런저런 근황을 주고받다가 흔이 재미있는 비하인드가 있다며 어머니 이야기를 들려주었습니다. 아침에 도착한 화환들을 한참 보시던 어머니가 그날 밤 수상하다는 듯 계속 물으시더래요.

"전국축제연구회? 이런 데가 있어?"(네 어머님, 그날 새벽 2시 5분경에 급조된 단체입니다.)

“우호공방은 검색해도 안 나오던데 왜 없어?”(헉 검색을 해보시다니……)

“다정상사는 광주에 있던데? 여기 대표랑 어떻게 알아?”(실제로 있는 곳이었다니……)

“제철소 출판사? 검색하니까 뭐 많이 뜨긴 뜨던데 여긴 대체 뭐야? 제철소야 출판사야 뭐야?”(흑 그나마 당당하게 쓴 이름이었는데……)

이 모든 의문이 혹시라도 최근 간병생활로 돈도 잘 벌지 못했고 몸도 마음도 힘들었던 흔이 이상한 일을 벌이고 다니는 건 아닌지, 그러니까 다단계나 이상한 종교단체 같은 곳에 연루된 건 아닌지라는 커다란 걱정으로 귀결되었다는 걸 들었을 때, 으아니 이게 대체 왜 그쪽으로 튀는 건지 깜짝 놀란 동시에 어머님께 너무나 죄송했습니다. 그래요, 뭔가 다 너무 수상했죠…… 생각지도 못한 어머니의 깊은 근심을 마주하고 깜짝 놀란 흔은, ‘알고 보면 나도 사회 여기저기에 친구들 많다고!’라고 어머니께 보란듯이 내보이고 싶었던 마음을 냉큼 접고, 부랴부랴 전후 사정을 자세히 설명했어요. 설명을 듣고 어머니는 한결 마음을 놓으시면서도, 세상에 공짜 사랑은 없다, 소문 못 들었니 종교단체들에서 그런 식으로 한 사람에게 오래 공을 들인다더라, 네 친구 희멀건 얼굴인데 눈빛은

센 것이 딱 포교 잘할 인상이다, 조심해라! 라고 끝까지 당부하셨다고 합니다……

나이 마흔둘에 내일모레 일흔인 엄마로부터 "쟤랑 놀지 마라"라는 말을 들은 사람과 나이 마흔하나에 친구 엄마에게 "쟤랑 놀지 마라"의 '쟤'로 찍힌 사람, 둘 중 누가 더 우스운지 우열을 가릴 수 없는 두 사람이서 전화기를 붙잡고 특히 "포교 잘할 인상" 부분에서는 거의 흐느끼듯이 웃느라 말이 잠시 끊어지기도 했어요. 큰 웃음 끝에 흔이 "10대, 20대에도 듣지 못한 말을 40대에 듣는 것을 보면 요즘 내가 진짜 못나고 못 미덥고 나약해 뵈나보다"라고 씁쓸해하길래, 네가 아니라 세상이 못 미더워진 거라고 말해주었습니다. 다단계니, 사이비종교니, 보이스피싱이니, 사기 수법이 워낙 고도로 발달하고 다양해지니 무언가를 덥석 믿기에는 너무 많은 걸 걸어야 하는 세상이 되었다고요. (그리고 저는 어머님의 의심의 근원을 알고 있습니다. 제가 흔의 학교 동창이나 회사동료 같은 비교적 출신성분 확실한 사람이면 또 모를까, 우리는 '인터넷에서 만난 친구'거든요! 이제는 인터넷에서 만난 것도 잊어버릴 만큼 아주 오랜 시간이 지났지만요.)

그래도 흔이 크게 웃는 소리를 들으니 좋았어요. 지

금은 처리해야 할 많은 일들 때문에 담담해 보이지만, 언젠가 흔이 슬픔의 늪에 속절없이 빠지게 된다면 이런 커다란 웃음들을 문득문득 떠올리며 곧 다시 마음놓고 웃게 되리라는 것을 믿을 수 있으면 좋겠습니다.

선우씨가 지난 편지에 쓰셨듯이, 맞아요, 나이를 먹을수록 부고 듣는 일이 잦아지고 그에 대처하는 요령들도 하나씩 배워가는 것 같아요. 사실 재작년에도 상주인 친구가 화환이 적은 것에 마음 쓰는 걸 겪었음에도 그때는 그게 친구의 개인 성향이라고 여기고 넘어갔는데, 이번에 한 번 더 겪으면서 새로 다시 배웠어요. 앞으로는 상가에 화환이 충분한지, 그렇지 않다면 친구가 그것에 마음 쓰지는 않는지 미리 꼭 체크할 것. 화환문구는 수상하지 않게…… 쓸 것.

그리고 상가를 나설 때마다 늘 마주하게 되는 진실도 마음에 다시 새겨봅니다. 나도, 내 주변 사람들도, 죽음을 품고 있는 존재라는 것을 잊지 말 것. 가슴 한켠에 저마다 깊은 슬픔을 묻고 사는 존재라는 것도. 저의 연말은 생전 처음 뵙는 친구 어머님을 걱정시키고 포교 잘할 인상이라는 명예로운 타이틀(사실 이거 굉장한 칭찬 아닌가요!)과 함께 우당탕탕 끝났지만, 내년에는 저 진실을 꼭 붙들고 타인과 제 자신에게 좀더 다정하고 유연한 한 해를 보내고 싶습니다.

선우씨의 다음 편지는 다리 저편, 2023년에서 날아들겠네요. 뭔가 한 해를 같이 편지와 편지로 손잡고 건너는 느낌이어서 너무 좋아요. 행복한 일들이 꽉꽉 들어찬 한 해 보내요, 우리—

2022년 12월 26일

김혼비 드림

우리는 아주 많은 사람들을 떠나보내고
아주 많은 슬픔과 분노를 겪어낸 뒤겠지요.
많은 기억을 잊어버리고 또 어떤 기억은 선명한 채로,
그럼에도 자주 웃을 수 있기를 바랍니다.

상가를 나설 때마다 늘 마주하게 되는 진실도
마음에 다시 새겨봅니다.
나도, 내 주변 사람들도,
죽음을 품고 있는 존재라는 것을 잊지 말 것.
가슴 한켠에 저마다 깊은 슬픔을 묻고
사는 존재라는 것도.

황선우

×

탁월하게 못하는 탁구인의 즐거움

×

김혼비

햇수를 셀 때 저는 올려치기를 좋아합니다. 예를 들어 김하나 작가와 제가 같이 살기 시작한 지 얼마나 되었느냐는 질문을 받을 때, 2016년 12월부터니까 만으로 계산하면 6년이 조금 넘었을 뿐이지만 꼭 햇수로 세서 '동거 8년 차'라고 얘기하는 식이에요. 답을 하고 나서는 8년 차에게 꼭 어울릴 법한 여유로운 미소를 머금는 것이 포인트입니다. 회사를 다닌 것 외에는 꾸준히 해온 일이 별로 없어서 연륜 있어 보일 기회가 주어지면 놓치고 싶지 않은가봐요. 태어난 지 고작 백일 된 아이도 해를 넘기자마자 두 살로 만들어버리는, 허풍 가득한 '한국 나이' 셈법은 아마 저 같은 사람들이 만들어내지 않았을까 싶습니다. 2023년 6월부터는 만 나이를 표준으로 사용한다고 하지만, 평소의 제 행실을 보아하니 나이 외에 올려칠 수 있는 데서는 슬쩍 올려치고 다닐 것 같아요. 네, 그렇게 저는 올해 2년 차 취미 탁구인이 되었습니다. 2년 차에 걸맞은 패기 넘치고 자신만만한 표정을 지어보고 싶네요.

장수님과의 연말 모임을 아름답게 추억해주어 고맙습니다. 실은 그날 두 분의 이야기를 많이 듣고 오려 했는데, 괜한 충고나 조언을 보태버린 건 아닌가 싶어 부끄럽기도 했거든요. 나이들수록 입은 닫고 지갑은 열라고 했는데, 그날은 열고 닫는 걸 거꾸로 해버렸지 뭐예요. 말이 많았던데다 화장실을 다녀오는 사이 술값을 계산할 기회마저 장수님께 빼앗겨버려서…… 해가 바뀌었다고 해서 내가 갑자기 달라지지 않으니 이어지는 하루하루 부끄러움의 내용은 엇비슷하네요. 탁구도 그렇습니다. 고만고만 늘지 않는 실력에 매번 새삼 놀라며 일주일에 3일 출석을 하고 있어요. 센터의 대부분을 차지한, 수십 명의 50~70대 선배들 사이에서 저와 친구들—그러니까 망원탁구 클럽(이하 망탁클)의 무리를 확연하게 구분하는 특징은 (상대적인) 젊음이 아니라 압도적인 못함입니다.

도대체 언제 서브를 원하는 곳으로 꽂아넣게 될까요? 스핀을 잔뜩 먹고 넘어온 공을 네트에 걸리지 않게 받아칠 수 있는 날은 또 언제일까요? 저멀리 포물선 궤적으로 장외홈런을 날려놓고는 망연하게 바라보지 않을 날은요? 선배님들이 날아다니는 80분 동안 저는 걸음마 동작을 반복합니다. 아니, 걸음마에 비유하기도 민망합니다. 걸음을 익히기 시작한 지 반년이 지난 아이들은 아마 신나게 뛰어다닐 텐데 제가 탁구를 습득하는 속도는 훨씬 느려요. 혼비씨가 축구를 처음 배울 때는 아마 이 지경이 아니었을 거예요. 제가 비슷한 기간 수영을 다니는 동안에는 자유형과 배영, 평영을 거쳐 접영까지 익혀 중급반으로 승급했지만, 탁구장의 시계는 놀랍도록 더디게 갑니다. 이 작고 가벼운 공 하나가 내 마음대로 움직여주지 않는다는 데 못내 답답해서 속상해하다가 그만 깨닫습니다. 공이 아니라, 공 앞의 내가 내 마음대로 움직여지지 않는 게 맞겠죠.

"몇 년 다니면 그렇게 잘 칠 수 있어요?"

"응, 탁구는 10년은 배워야 해. 그래야 좀 쳤다고 할 수 있어."

팔다리를 우아하게 펼치며 눈에 안 보일 정도로 빠른 공을 쳐내는 선배님들에게 처음 이런 얘기를 들었을 때는 상징적인 숫자로서의 '10년'을 말하는 줄 알았어요. 강산이 변한다고 하는 뚜렷한 시간의 단위 말이죠. 그런데 이제는, 이 속도로는, 정말 말 그대로 10년 걸릴 수도 있겠다고 수긍하게 되었습니다.

분기별로 전체 반을 섞어 게임을 하는 마지막 수업날이 지난 연말에도 돌아왔습니다. 9월 말에는 망탁클 전체와 다른 반의 신입 회원들끼리 시합을 하게끔 대진표가 짜였는데 이게 웬걸, 이번에는 선배님들 팀에 뿔뿔이 섞여 들어가게 4인 1조로 배정이 되었어요. 고르게 실력이 좋은 선배님들 3명에 탁월하게 못하는 저희들 1명씩이 드문드문 섞이니, 신입이 들어간 몇몇 팀만 그대로 패널티를 안고 뛰는 격이었습니다. 예상한 대로 시합은 과정도 결과도 처참했어요. 제가 넣는 서브 하나가 곧장 실점이 되고, 받아치는 공 하나가 바로 상대방의 공격으로 이어지니 짝을 이룬 선배님에게 미안하고 민망해서 몸 둘 바를 모를 지경이었습니다. 이렇게 처참하게 지고 있다는 게 싫고, 그게 저 때문이라는 건 더 싫었습니다. 못할 거면 마음을 비워낸 채 즐기기라도 하면 좋을 텐데, 승부욕만 비대한 꼴찌의 비애를 아십니까? 그게 바로 저예요……

너무 못하는 저 다음으로는 이렇게 팀을 섞어놓은 선생님에게 화가 났습니다. 신입의 수가 모든 팀에 1명씩 들어갈 만큼 많지 않은데도 이렇게 대진표를 짠 건 공정하지 못하다는 생각이 들었죠. 그런데 선배님들은 그저 즐거워했습니다. 제 차례가 돌아오는 족족 점수를 잃다가 어쩌다 한 번 어설픈 공격이 성공하면 기특하다, 잘했다, 그렇게 하면 된다며 칭찬을 해주고요. 큰 점수 차로 게임을 지고 나서 아마 제가 사과를 했던 것 같아요. 명백히 저 때문인 패배였으니까요. 제 파트너였던 선배님은 아주 심상하게 얘기했어요.

"아유, 미안하긴 뭐가 미안해요? 이게 다 뭐라고."

내내 공을 쫓느라 시린 눈이 조금 촉촉해졌습니다.

시합이 끝나고 나서는 처음으로 다 같이 송년 회식을

했습니다. 회식이라고는 해도 늘 탁구 끝나면 같이 밥을 먹는 친구들끼리 한 테이블에 앉게 되었는데, 이미 친밀한 선배님들 사이에 처음 끼는 신입들이 섞여 앉으면 불편할까봐 배려해준 것 같았어요. 조금 떨어져서 식사를 마치고, 잠시 앉아 믹스커피를 한 잔씩 마시는 동안 약간 가까워진 기분이 들었습니다. 서로 마스크를 내린 얼굴을 처음 익혀서일까요. 추첨으로 받은 경품인 손뜨개 수세미를 나눠 가지고 식당을 나오는 길에 새해 복 많이 받으라는 인사와 더불어, 내년에도 그만두지 말라는 덕담을 들었습니다. 오늘 시합 전에 들었다면 무심코 넘겼을 이야기가, 탁구 인생 7개월 차에 가장 큰 좌절감을 맛본 뒤라 다르게 와닿았습니다. 아마 선배님들은 저처럼 조바심을 내다가 몇 달 만에 그만두고 사라지는 신입들을 무수히 봐왔겠죠. "내년이면 잘 치게 될 거야"라는 희망의 말이 아니라, 내년에도 크게 나아지진 않을 테고 10년은 걸릴 거라는 말이, 그러니까 혹은 그렇지만 그만두지 말고 계속하라는 말이 왜 더 힘이 되는 걸까요.

새해가 되었습니다. 일주일에 3일이나 출석하는데도 여전히 이렇게 못 친다는 데 매번 놀라지만 그만두지 않고 있는 2년 차입니다. 회식 이후로 선배님들은 부쩍 저희들에게 관심을 보이며 다가옵니다. 일부러 와서 서브 동작의 요령을 가르쳐주기도 하고, 본인 경기를 쉬면서 저희끼리 하는 게임이 재밌다며 관전하다 가기도 해요. 이제는 마스크 아래로 웃는 얼굴 전체가 어떤지 압니다. 자연스럽게 망탁클 친구들끼리 선배들 얘기를 하는 일도 늘었습니다. 구체적인 선배들 한 사람 한 사람에 대한 이야기이기도, '선배 됨'에 대한 이야기이기도 합니다.

"20년 만에 신입이 돼보니까, 어떤 선배가 좋은 선배인지 많이 생각하게 되네."

"내 장점을 찾아서 칭찬해주는 선배. 단점은 자세하게 지적받아도 바로 고쳐지지 않고 주눅부터 들잖아."

"아무래도 폼이 좋고 잘 치는 선배가 멋있지. 나도 그렇게 따라 하고 싶어."

"나는 무조건 같이 쳐주는 선배가 좋아. 잘하는 사람이랑 치는 게 훨씬 수월하고 재미있을 텐데, 우리한테 일부러 기회를 주는 게 고맙더라."

회사생활을 하는 동안 우리는 결코 좋은 선배가 못 되었던 것 같다는 반성으로 이야기는 결론이 났습니다. 회사를 다시 다닐 생각이 없으니 아마 조직 안에서 좋은 선배가 되어볼 기회가 주어지긴 어렵겠죠. 대신 탁구센터 신입들에게 먼저 다가가 게임을 청할 수는 있을지도 모르겠습니다. 장점을 찾아서 칭찬해주고, 시합에 졌다고

속상해하면 "괜찮아, 이게 다 뭐라고!" 말해주면서 말이죠. 그러려면 10년 차가 될 때까지 꾸준히 못하는 나를 견디면서 계속해봐야겠지만요.

추신.

흔님에게 화환을 보내준 것, 정말 고마워요. 이상하게 나까지 위로받은 것 같아서 고맙다고 인사하고 싶어지네요. 혼비씨의 한 해에도 그런 다정함이 종종 함께하기를, 그리고 흔님 어머님께는 가방 속에 목탁을 넣어 다니는 수상한 친구라는 사실을 들키지 않기를 바랍니다.

2023년 1월 11일

황선우 드림

김혼비

×

우리 10ll 한번 할까요?

×

황선우

2년 차 취미 탁구인이 되신 것을 정말 축하합니다!! 제가 6년 차 아마추어 축구인이었을 때 코로나로 축구를 중단하게 된 게 마음에 남아 있어서일까요. 그리고 편지를 통해 '황선우의 탁구통신'을 가장 먼저 읽게 되는 행운을 누려와서일까요. 문득 선우씨가 6년 차 탁구인이 되는 모습을 곁에서 지켜본다면 굉장히 뭉클할 것 같다는 생각이 들었습니다. 그런 날이 온다면(4년 후 이즈음에 저희는 과연 어디서 무엇을 하고 있을까요. 먼 미래처럼 말하고 있지만 분명 그날도 금세 오겠죠?) 선우씨에게 꼭 축하선물을 보내고 싶어요. 무엇을 보낼지도 같이 떠올랐는데, 그것은 4년 후를 기약하며 지금은 비밀로 부치겠습니다.

선우씨의 연말 경기를 보면서 저라는 존재 자체가 팀에 커다란 구멍, 벌칙, 아니 재앙이던 시절 쉴새없이 밀려드는 미안함에 허우적대느라 숨이 약간 막힐 것 같을 때마다 전혀 그럴 필요 없다고 격려해주던 축구팀 동료들이 생각났고, 선우씨의 첫 탁구팀 송년 회식을 보면서는 아주 오랜만에 저의 첫 축구팀 회식이 생각났습니다. 아직은 동료들과 살짝 데면데면했던 첫 회식의 그날, 저를 축구팀이라는 별세계에 다시 한번 확 빠져들게 만든 인상적인 순간이 있었어요.

특별한 날이라고 소고기를 먹으러 갔는데, 생소고기 몇 근이 식탁에 오르자 우리 팀 에이스 S와 Y언니가 냉큼 젓가락으로 생고기 한 점씩을 집더니 얼굴 위에 철썩 붙이는 게 아니겠어요? 삼십몇 평생을 고깃집에서 고기의 갈 곳은 당연히 불판 위인 줄만 알았던 저는 고기의 뜻밖의 행보(얼굴이라니……)에 순간 놀랐는데, 그게 표가 났던지 옆에 앉은 총무언니가 어쩐지 의기양양하게 설명해 주었습니다.

"J언니가 그러는데 날고기가 피멍 없애는 데 효과가 진짜 좋대. 멍을 쫙 흡수한대!"

그러고 보니 S는 그날 축구공에 정통으로 얼굴을 맞아 눈가와 광대 사이에 멍자국이 생기기 시작했고, Y언니는 인중에 이미 멍이 시퍼렇게 들었더군요. 저도 예전에 어딘가에서 그 비슷한 얘기를 들은 적이 있어 무심코 고개를 끄덕이려던 찰나, 근데 잠깐, '흡수'요? 멍이라는 게 혈관이 터져 살갗 속에 피가 고여 생긴 건데, 그럼 고인 피의 일부가 살갗을 뚫고 생고기로 이동한다는 뜻……?(삼투압 같은 걸까요? 근데 이게 말이 되나요……?)

이런 생각으로 잠깐 갈팡질팡하고 있는데 어디선가 슥 나타난 생고기 처방사 J언니는 S와 Y언니의 상태를 살피더니 "Y야, 넌 그새 멍이 들어버려서 효과 없어. S처럼 퍼레질락 말락 할 때 했어야지. 넌 거기서 더 하지 마. 더 이상 소고기 낭비 마라!"라고 단호하게 말하며 나름 섬세한 처방과 엄중한 소고기 단속을 하고는 S의 눈가에 새 생고기 한 점을 얇게 펴서 하나 더 붙여주고 옆테이블로 사라졌습니다. 당시 고기를 '죽은 생명'으로 인식하지 못한 것은 물론이고, 식품이 아닌 의약품으로는 더더욱 상상해보지 못한 좁은 세계에 살던 저는 고기를 마치 반창고처럼 눈가에, 인중에 철썩철썩 붙인 채로 고기를 구워 먹는 여자들을 보면서 뭔지 모르겠지만 그 야성미에 압도되어 아, 이 여자들은 회식 풍경도 남다르구나, 근데 그 풍경 속에 내가 들어와 있다니, 혈관 속 피의 일부가 살갗을 뚫고 위로 치솟을 것만 같은 조금 찌릿찌릿한 기분으로 첫 축구팀 회식을 마친 기억이 납니다. 이것도 벌써 8년 전이네요.

그리고 선우씨의 탁구 이야기에 이어 저도 오랜만에 축구 이야기를 하고 보니 내친김에 농구 이야기도 잠깐 하고 싶어졌습니다!……라고, 마치 탁구에서 축구, 축구에서 농구로 연상작용이 일어난 듯 말했지만, 솔직히 저 문장은 문단과 문단을 자연스럽게 이으려고 넣은 말이고요(제법 자연스럽지 않았나요?), 사실 저는 선우씨의 편지를 읽는 동안 이미 농구 생각을, 정확히 말하면 〈슬램덩크〉 생각을 이글이글 하고 있었습니다. 선우씨가 탁구 선배들이 상징적인 숫자로서의 '10년'을 말하는 줄 알았는데 말 그대로 진짜 10년인 것 같다고 쓴 대목에서는, 이노우에 다케히코가 1990년대 말에 한 인터뷰에서 "『슬램덩크』 속편을 그리게 된다면 30년 후에 그리고 싶다"라고 한 말을 떠올리며, 그때는 '30년'이 너무 까마득하고 언젠가 도래할 미래처럼 도무지 느껴지지 않아서 '그리지 않을 작정이다'라는 말을 우회적으로 한 거라고 여겼는데, 정말로 그 까마득한 세월이 흐르고 40대가 되어 몇 년 후 바로 그 30년 후가 되는 시점이 오니, 그 30년이 말 그대로 진짜 30년이어서 그가 곧 속편을 그려주면 좋겠다는 생각을 했고요(이노우에 씨, 힘내주세요). 선우씨가 '승부욕만 비대한 꼴찌의 비애'를 말한 대목에서는 농구를 시작할 무렵의 강백호가 떠오르며 머릿속에서 선우씨가 망원 탁구계의 강백호로 자동설정되었습니다(선우씨도, 힘내주세요).

저도 〈여둘톡〉에서 하나 작가님이 말한 것처럼 『슬램덩크』를 우연한 기회에 해적판으로 먼저 만났어요. 과거로 돌아간다면 무조건 손에 넣어 영구소장하고 싶을 정도로 해적판다운 괴랄함이 빛나는 책이었습니다. '정상웅'이라는 한국 작가 이름이 천연덕스럽게 붙은 그 책에서는('이노우에 다케히코'의 한자 표기 '井上雄彦'에서 앞의 세 글자를 한국식으로 고대로 옮긴 이름, 정상웅!) 강백호가 한국인과 미국인 사이에서 태어났다는 요상한 설정을 달고 '폴먼'이라는 뜬금없는 이름으로 등장하고, 서태웅은 유천으로 나오며(이 역시 서태웅의 본명인 '루카와 카에데'의 한자 표기 '流川楓'에서 앞의 두 글자를 딴 이름이에요. 같은 방식으로 채소연은 '춘자'로 나옵니다), 오른쪽에서 왼쪽으로 읽게 되어 있는 일본판 원본을 한국식으로 간단하게 바꾸기 위해 덮어놓고 좌우반전으로 복사를 해서 유니폼 위 학교 영문 이름들은 죄다 뒤집혀 있고, 등장인물 모두가 왼손으로 슛을 쏘는 초현실적이고 극좌파적인 책이었어요.

나중에 정식발매가 되면서 당시 이미 일고 있던 농구붐에 불이 붙으며 반마다 남자애들이 농구팀을 만들어 자기네들끼리 대진을 짜서 방과후에 시합을 하곤 했는데, 그 팀에서 채소연이나 이한나 같은 매니저를 맡는 것만으로는 영 성에 차지 않고 직접 강백호든 서태웅이든 되고 싶었던 여자애들끼리 자연스레 모여 농구를 하기 시작한 것도 그즈음이었습니다. 저도 그때부터 점심시간마다 본격적으로 운동장에서 뛰놀기 시작했어요. 그 루틴이 고등학교까지 이어질 줄은 몰랐지만요. 그러니까 저를 운동장으로 불러나오게 했던 최초의 운동은 농구였던 셈이에요.

초등학생이었던 저에게 '덩크'는 존재 자체로 약간 충격이었습니다. 이제 막 10대가 된 나이, 내 앞에 펼쳐진 시간이 무한하리라는 어린이다운 착각과 노력하면 뭐든 할 수 있으리라는 어린이다운 과신이 겹쳐 장래희망란에 대통령이나 우주비행사 같은 걸 서슴없이 적어내는 아이들이 아주 많았던 그 시기에(물론 그때도 저의 장래희망은 아주 현실적이고 소박했습니다만), 처음에는 전혀 하지 못했던 줄넘기 쌩쌩이나 다리 걸고 철봉 회전이나 뜀틀 4단 뛰기나 3점슛도 어쨌든 꾸준히 연습하면 꾸역꾸역 해낼 수 있었던 것에 비해, 림에 손이 닿고도 남을 만큼 높이 뛰어 공을 위에서 아래로 내리꽂아야 하는 덩크는 (유아용 농구골대에서가 아닌 한) 아무리 노력해도 평생 경험해보지 못할 게 확실한, 처음으로 맞닥뜨려보는 아주 구체적인 형태의 불가능이었으니까요. 세상에는 덩크처럼 '애초부터' 불가능한 게 훨씬 더 많다는 차가운 사실을 알게 되기까지 그리 오래 걸리지 않았지만, 그후로도 오랫동안 저에게 덩크는 '너무나 애타게 해보고 싶지만 절대 할 수 없는 것'의 대명사로 마음속에 자리잡고 있었습니다.

〈슬램덩크〉에 대한 열렬한 사랑과 덩크에 대한 열망은 가실 줄을 몰라서 본격적인 인터넷 시대가 왔을 때 제가 만든 최초의 이메일 아이디는 'slamdunker1011**'이었어요. 강백호의 백넘버 10번과 서태웅의 백넘버 11번을 나란히 붙이는 것으로 〈슬램덩크〉 전체에서 제가 가장 사랑하는 장면인(이번 극장판에도 나오는!) 강백호와 서태웅의 하이파이브를 제 나름대로 구현해본 아이디였습니다. 그 하이파이브, 서태웅이 그의 최대 약점인 동료를 활용할 줄 모르는 이기적인 플레이를 극복하고 강백호에게 보낸 패스를, 강백호가 (타고난 재능과 조건 덕에 잘할 수 있는 덩크가 아니라) 그의 최대 약점인 '합숙슛'으로 성공시킨 뒤 나누는 그 하이파이브, 그동안의 시합들에서는 상대가 누구인지 모른 채로 엉겁결에 준 한 번씩의 '마음에도 없던 패스' 말고는 절대 서로에게 패스하지 않다가, 산왕전 막바지에서 강백호는 필사적으로 잡아낸 루즈볼을 서태웅에게, 몇 분 후 서태웅은 골대 아래 자리잡은 강백호에게, 그렇게 처음으로 서로가 서로를 믿고 패스를 주고받은 뒤 나누는 그 하이파이브, 그 하이파이브가 담긴 포스터는 거의 9년간 제 방문에 붙어 있었습니다. 그러니 '1011'은 저에게 큰 의미가 담긴 숫자일 수밖에요.

한 가지 아쉬운 게 있다면 그렇게 아끼던 이메일 아이디를, 제가 오랫동안 메인으로 사용했지만 지금은 결국 망해서 없어진 포털사이트 두 곳의 이메일 주소로 썼다는 것입니다. 그때는 극히 드물게 사용했던 다음메일을 이렇게 오래도록 사용할 줄 알았다면 다음메일 주소를 그걸로 할 걸 그랬어요. 물론 이십몇 년 전 당시에 만들었던 다음메일 주소에도 슬램덩크의 흔적이 미미하게 남아 있기는 합니다. 선우씨와 이 편지를 주고받는 데에도 쓰고 있는 vgbd***@hanmail.net에서 'vgbd'는 정상웅씨의 다른 만화 『베가본드』에서 따온 것이거든요. 만들 때만 해도 이 베가본드 메일주소를 2023년까지 쓰게 될 줄은 정말 몰랐습니다(그리고…… 『베가본드』가 2023년까지도 완결이 안 날 줄은…… 더더욱 몰랐습니다).

그나저나 이번 편지는 가만 놔뒀다가는 아직 제대로 시작도 못한 〈슬램덩크〉 이야기로만 열 장, 스무 장, 한도 끝도 없어질 것 같아 이쯤에서 빨리 끊어야겠어요. 어느덧 3 대 3 농구를 마지막으로 해본 지도 24년이 넘었고,

이제는 백넘버 '10'을 보면 강백호보다 김연경 선수가 먼저 생각나지만(그러고 보니 지금 제 방문에는 김연경 선수 포스터가 붙어 있네요), 오랜만에 영화관에서 한 시절 뜨겁게 사랑했던 옛 친구들을 우르르 만나고 왔더니 마음속 열기가 잘 가시지 않습니다. 부디 망탁클 강백호님의 2년 차 탁구 시즌도 즐겁고 신나게 이어지기를, 아직 열기가 가시지 않아 여전히 뜨거운 손으로 하이파이브를 건넵니다. 1011!!

2023년 1월 30일

김혼비 드림

큰 점수 차로 게임을 지고 나서

아마 제가 사과를 했던 것 같아요.

명백히 저 때문인 패배였으니까요.

제 파트너였던 선배님은 아주 심상하게 얘기했어요.

"아유, 미안하긴 뭐가 미안해요? 이게 다 뭐라고."

내내 공을 쫓느라 시린 눈이 조금 촉촉해졌습니다.

부디 망탁클 강백호님의 2년 차 탁구 시즌도
즐겁고 신나게 이어지기를,
아직 열기가 가시지 않아 여전히 뜨거운 손으로
하이파이브를 건넵니다. 1011!!

황선우

×

선우는 인仁하냐?
그러면 혼비는 인하다고 할 수 있느냐?

×

김혼비

슬램덩커1011님,

이렇게 한번 불러보고 싶었습니다. 하이파이브! 저는 등번호 14번의 슈팅가드, 포기를 모르는 불꽃남자 정대만을 좋아했어요. 저와 망탁클 친구들은 본업으로 바쁘거나 몸 상태가 좋지 않거나 해서 수업에 빠져야 할 때면 그의 대사를 따라하곤 합니다. "안선생님…… 탁구가 하고 싶어요!"라고 말이죠. 중년이 되어 다시 만화 『슬램덩크』를 완독하니, 진짜 포기를 모르는 게 아니라 실은 포기하고 싶은 마음이 너무 커서 그런 말로나마 스스로를 일으켜세운다는 게 보이더군요. 그리고 정대만보다는 1학년 후배 선수들, 바로 10번과 11번이 눈에 들어왔어요. 좋아하는 마음 하나로 달려가 지금 자신이 가진 모든 걸 남김없이 불사르는 강백호의 단순함, 그리고 타고난 재능만 믿고 자만하는 것이 아니라 최고로 연습량을 쏟아붓는 서태웅의 노력……! 거기에는 농구에 대한 사랑, 농구하는 자신을 받아들이고 기대를 걸어주는 사람들에 대한 사랑이 있었어요. 그런 순수함에서 (그리고 재능이나 체력 같은 단어로부터도) 한참 멀어진 중년이 되었기에 그들이 더 아름다워 보이는 거겠죠. 4년 뒤 슬램덩커1011님, 아니 혼비씨에게 어떤 선물을 받게 될지 기대하며 오늘도 저의 풋내기 컷이며 합숙 스매싱을 연마해보겠습니다.

『슬램덩크』가 가르쳐준 바대로 시간은 빠르게 흐를 테고, 연습은 정직하겠지요.

『슬램덩크』 얘기를 하다보니 맥박수가 훅 올라간 것 같아요. 혼비씨 말대로 수십 장씩 편지를 주고받을 수도 있을 것 같지만 몸동작을 곁들인 수다가 훨씬 효율적일 테니, 못다 한 이야기는 다음번 만남의 화제로 남겨두기로 하고…… 호흡을 고르며 평정심을 되찾아봅니다. 딱히 이런 목적으로 시작한 건 아니지만, 하다보면 들떠 날뛰는 마음을 가다듬게 되는 요즘의 습관이 하나 있어요. 바로 『논어』를 쓰는 것입니다. 『논어』는 공자가 제자들과 나눈 짧은 대화들을 모아놓은 잠언 묶음 같은 글이에요. (강백호와 서태웅을 논하다가 난데없이 공자님이라니, 급격하게 웃음기가 사라지면서 피가 차가워지지 않나요?)

3~4일에 하루 정도는 빼먹어가며 느슨하게 임해서 매일의 루틴이라고 부르기는 좀 부끄럽고, 해설을 먼저 읽은 뒤에 되새김질하고 싶은 부분만 골라 한자 원문으로 옮겨 적기 때문에 필사라고 부르기도 좀 머쓱합니다. 아무튼 『논어』를 필사(비슷한 걸)하는 게 요즘 저의 루틴(비슷한 것)입니다. 암기하거나 이해하려 애썼다면 힘들어서 진즉 포기했을 텐데, '적어만 볼게요' 느낌으로 헐렁

하게 하다보니 책의 3분의 1 정도까지 왔네요.

한자를 많이 알아서가 아니라 잘 모르기 때문에 이 『논어』 '그리기' 활동이 재미있습니다. 문장이 바로 독해되지 않기에, 모눈이 프린트된 노트에 네 칸마다 한 글자가 들어가도록 한자를 쓰는 일은 그림을 그리는 행위에 가깝지요. 한글로 쓰고 읽는 일을 할 때는 좌뇌를 쓴다면 『논어』를 그려볼 때는 우뇌를 사용하는 것 같습니다. 실제로 한자의 형성 원리가 사물을 본뜬 상형문자에서 비롯된 것들이 많기도 하고요. 며칠 전에는 '품다'나 '위로하다'라는 뜻을 가진 懷(회)자를 익혔는데, 옷衣에다 눈目을 올린 형상으로 '눈물을 가슴에 묻고 있다'는 뜻을 표현했다고 해요. 네이버 한자사전에서는 해설에 눈물 흘리는 옷 그림을 넣어두었더라구요. 자주 사용하는 '감회感懷가 새롭다' 같은 말을 앞으로 듣게 되면 눈물 흘리는 옷 그림과 더불어 『논어』 공부를 한 이 시기가 떠오를 것 같아 벌써 감회가 새롭네요. 만약 덩크슛을 표현하는 한자가 있다면, 농구공을 한 손에 든 채 양다리를 넓게 벌리고 날아오르는 에어조던 로고처럼 생기지 않았을까 짐작해봅니다.

『논어』의 주된 내용은 정치는 이렇게 해야 한다, 군자는 저렇게 행동해야 한다는 것입니다. 수천 년 전 중국 춘

추전국시대의 기록이다보니 현대의 시선으로 볼 때 그야말로 시대착오적인 이야기도 적지 않죠. 주로 효도를 어떤 방식으로 해야 하며 제사는 어떻게 모셔야 한다는 부분들인데, 대충 그런가보다 하며 실눈으로 건너뛰어요. 그러고 보니 『논어』 이전에 『천자문』을 공부하면서도 그만둘 뻔한 위기가 몇 차례 있었어요. "女慕貞烈 男效才良 여모정렬 남효재량: 여자는 곧고 굳은 절개를 사모해야 하며, 남자는 재능이 있고 어진 사람을 본받아야 한다" 같은 성차별적 문구를 마주칠 때 말이죠. 공자님은 아주 금욕적인 사람이라 제 가치관과 부딪쳐 반발심이 드는 부분도 있습니다. "君子 食無求飽 居無求安 군자 식무구포 거무구안: 군자는 먹는 것에 대해 배부름을 추구하지 않고, 거처하는 데 편안함을 추구하지 않는다." 아니, 기본적인 식사와 거주에서 만족을 얻지 못한다면 군자가 되어서 다 무슨 소용이죠?

제가 깜짝 놀라 분개하며 이 내용을 전했더니 김하나 작가가 이렇게 답하더군요.

"군자 너무 별론데? 그거 하지 말자, 군자비추."

그뒤로 군자비추君子非推는 우리집의 유행 사자성어가 되었습니다. 특히 맛있는 것을 배불리 먹거나 한껏 게으름을 부리면서 행복해할 때는 군자가 아닌 일개 소인이라

다행스럽습니다.

혼비씨는 산과 바다 중 어느 쪽을 좋아하나요? 영화 〈헤어질 결심〉에서 탕웨이 배우가 연기한 송서래의 대사 중 『논어』를 인용한 말이 있습니다. 지자요수 인자요산智者樂水仁者樂山. 지혜로운 사람은 물을 좋아하고 어진 사람은 산을 좋아한다는 뜻입니다. 산과 바다 중 어느 쪽이 우월한 것이 아니니 이 문장의 구조도 대등한 두 가지를 비교한다고 생각했는데, 논어를 읽어나가다보니까 다른 어떤 윤리적 미덕보다 우월하고 또 도달하기 힘든 가치가 바로 '인仁'이더군요. 군자의 가장 중요한 태도가 바로 어질다는 미덕이어서, 이것을 제대로 실천하면 개인으로나 정치적으로나 이상적인 상태에 도달할 수 있다고 합니다. 제자들이 계속 '선우는 인하냐, 그러면 혼비는 인하다고 할 수 있느냐' 자기들의 이름을 바꿔 넣어가며 공자님에게 질문하는데, 대체로 다 예선 탈락이에요. 그러니까 공자님 말씀에 따르면 지식이 많고 사리에 밝은 사람보다 어질고 너그러운 사람이 되어야 하고, 또 그러기가 훨씬 어렵다는 것입니다. "지자요수 인자요산"에 이어지는 구절은 이렇습니다. "知者動 仁者靜 知者樂 仁者壽 지자동 인자정 지자락 인자수: 지혜로운 사람은 동적이고 어진 사람은 정적이며, 지혜로운 사람은 인생을 즐기고 어진 사람은 인생을 길게 산다."

『논어』를 쓰고 내일이 되면 잊어버립니다. 어제 썼던 부분이 놀랍게 희미해진 기억 위로 오늘의 부분을 새로 씁니다. 두뇌가 말랑말랑해서 새로운 지식을 잘 흡수하고 쉽게 잊어버리지 않던 어린 시절에 더 즐겁게 이런 공부를 했더라면 얼마나 좋았을까요? 적어도 노안이 오기 전에 시작했더라면 휴대폰으로 검색한 한자가 잘 안 보여서 한껏 확대해보는 일은 없었을 텐데…… 나이 먹어서 기억력과 시력의 비협조 가운데 지혜로운 사람이 되기란 얼마나 어려운가 실감합니다.

똑똑해지는 기분은 들지 않지만 계속 『논어』를 씁니다. 다만 글씨를 쓰는 사이, 만년필의 펜촉을 따라 번져나가는 잉크의 선을 따라 화나는 일도 슬픈 일도 흘려보내고 잊어버릴 수 있어 좋아요. 바쁘게 움직이던 몸과 마음이 글씨 쓰는 동안만은 잠시 한자리에 머무릅니다. 혹시 이러다보면 너그러운 사람이 될 수도 있는 걸까요?

완전히 저만의 해석이지만, 물을 좋아하고 물처럼 움직이며 인생을 즐기는 똑똑한 사람이라고 하면 왠지 뛰어난 젊은이 같습니다. 『슬램덩크』에서 찾아보자면 서태웅이나 능남 윤대협, 산왕의 정우성처럼 반짝반짝하고 자신만만한, 스스로의 밝은 미래에 대해 한 점의 의심도 없는 인물들 말이죠. 그런 반면 산을 좋아하고, 산처럼 한자리에 머무르며 인생을 길게 사는 사람은 중년 이후인 것 같구요. 40대에 이제야 똑똑한 사람이 되기는 너무 어려운 일 같으니, 어진 사람이라도 되어야겠다고 하면 공자 말씀을 완전히 오독하는 거겠죠?

그런데 문득 떠오르는 인물이 있습니다. 모두가 땀 흘리며 움직일 때 누구보다 고요하게 제자리를 지키던 그 사람. 북산 고등학교 감독, 안선생님 말입니다. 강백호가 제멋대로 갖고 놀도록 홍홍대며 턱살을 내어주는 영감님의 인자함과 너그러움이야말로 군자답다 할 수 있지 않을까요? 서태웅이 되는 건 죽었다 깨어나도 어렵지만 안선생님이라면 목표로 해봐도 좋을지 모르겠습니다.

추신.

『슬램덩크』 이야기는 하지 말자고 마음먹어놓고는 이렇게 또 돌아오고야 말았네요. 그렇지만 이 얘기는 꼭 하고 마쳐야겠어요. 아무리 너그럽거나 말거나 안선생님의 선수 교체 타이밍은 완전히 실수였다고 생각합니다. 부상을 입은 백호를 계속해서 기용해서는 안 됐다구요, 영감님!

2023년 2월 21일

황선우 드림

하이파이브!

저는 등번호 14번의 슈팅가드,

포기를 모르는 불꽃남자 정대만을 좋아했어요.

중년이 되어 다시 만화 『슬램덩크』를 완독하니,

진짜 포기를 모르는 게 아니라

실은 포기하고 싶은 마음이 너무 커서

그런 말로나마 스스로를 일으켜세운다는 게 보이더군요.

김혼비

×

요즘 가장 용기를 끌어모으는 곳

×

황선우

『슬램덩크』와 『논어』를 오가는 편지라니! 마치 어제는 영하 1도였다가 오늘은 영상 12도를 기록하며 겨울과 봄을 정신없이 오가는 요즘 날씨를 글로 형상화한 것 같은 편지여서 4D체험처럼 실감나고 신나게 읽었습니다. 지난 편지에서는 『슬램덩크』 덕분에 어린 시절로 잠시 돌아갔다면 이번 편지에서는 선우씨의 『논어』 필사 덕분에 어린 시절로 다시 돌아갈 수 있었어요.

1990년대 초반 제가 살던 동네에서는 초등학생이 되면 학원을 다니기 시작하는 친구들이 많았는데요, 당시 인기 있던 학원을 꼽자면 피아노학원과 태권도장을 쌍두마차로 속셈학원, 주산학원, 수영장, 미술학원 등이었는데, 그중에서 저는 웅변학원과 서예학원을 다녔습니다. 웅변학원은 극도로 내향적이고 소심한 제가 웅변을 같이 배우면서 우렁찬 목소리로 수줍음 없이 말 잘하는 적극적인 아이들과 친해져 성격이 바뀌기를 바란 엄마의 선택이었고, 서예학원은 산만하고 어딘가 어수선한 제가 서예를 같이 배우면서 차분하고 정돈된 성격의 아이들과 친해져 역시 성격이 바뀌기를 바란 할머니(엄마의 엄마)의 선택이었어요. 이렇게 말하니 뭔가 어른들에게 등 떠밀린 모양새지만, 사실 저도 그렇게 되기를 꽤나 기대하며 학원에 갔던 것 같아요. 그래서 저는…… 효과를 보았을까요?

문제가 하나 있었습니다. 그 두 학원에 아이를 보내는 어른들 마음이 다 비슷비슷하다는 거였어요. (솔직히 서예와 웅변이 너무 멋있어 보여서 보내달라고 조르는 초등학생들이 얼마나 있었겠어요.) 웅변학원에 온 친구들은 단상에 올라가는 것만으로도 다리가 후들거리고 목소리가 좀처럼 나오지 않아 빨개진 얼굴로 대체로 침묵을 지키는 수줍음 소마왕들이었고, 서예학원에서는…… 산만한데다가 기운마저 뻗치는 아이들이 먹물을 잔뜩 칠한 손바닥을 서로의 얼굴에 찍어 바르겠다고 뛰어다니고, 붓들이 허공을 날아다니고, 찢어발겨진 화선지가 굴러다니고 있었습니다. 웅변과 서예라는 행위를 배워서 어떤 능력을 신장시키는 것, 그 정반대 방향의 에너지가 웅변학원과 서예학원에는 꽉 차 있었던 거예요. 하지만 여기서 반전이라면, 결국 효과가 있었다는 거예요. 모로 가도 서울만 가면 된다고, 웅변학원에서 차분하다못해 과묵한 친구들을, 서예학원에서 적극성을 넘어 극성인 친구들을 사귀었거든요. 미션 클리어!

다닌 지 넉 달쯤 됐을 무렵 웅변학원이 갑자기 망해서 없어지면서('고요한 웅변학원'의 숙명이었을까요……) 웅변가로서의 짧은 삶은 "이 연사 소리 높여 외칩니다!"를 소리 '높여'는 고사하고 소리 '내어' 외쳐보기도 전에 끝이 났지만, '광기충만 서예학원'은 의외로 굳건히 살아남아서, 몇 년 후 반 대표로 붓글씨 대회에 나가기까지 꾸준하게 다녔습니다. 지금은 그때 익혔던 수많은 한자들이 세월의 태양 아래 증발하고 기억의 틈새로 빠져나가 머릿속에 남은 게 그리 많지 않지만, 붓글씨 대회를 준비하며 수백 장은 썼을 글귀만은 똑똑히 남아 있는데, 그게 바로 『논어』 위정편 24장에 나오는 말이었습니다. "見義不爲 無勇也 견의불위 무용야: 의로움을 보고도 행하지 않는 것은 용기가 없기 때문이다."(써놓고 보니 무척 쉬운 한자들이어서 '똑똑히 남아 있다'라고까지 말한 게 좀 민망하네요……)

대회 출전용으로 이 글귀를 학원에서 처음 받은 날, 먹을 갈고 있는 제 곁에서 선생님이 '용기'와 '용감'에 대해 한자를 하나씩 풀어서 설명해주셨습니다. '용기勇氣'에서 '용감할 용勇' 자는 '힘 력力' 자가 '방패 순盾' 자를 떠받치고 있는 형상으로 '용기=방패를 든 힘의 기세'를 말하고, '용감勇敢'에서 '용勇' 자는 '용'의 또다른 뜻인 '날랠

용', '굳셀 감敢' 자는 '귀 이耳'와 '공격할 공攻' 자가 합쳐진 글자로, '용감=날래게 공격해서 적의 귀를 잘라오는 것'이라고요. '용기'에 깃든, 방패를 들고 단단히 맞서는 형상이 어쩐지 아름다우면서 힘겹게도 느껴져서 잠시 우수에 잠겨 있다가 '용감'의 뜻이(역사적 배경을 감안하는 것과는 별개로) 예상 밖에 과격해서 화들짝 놀랐던 기억이 납니다. 사실 웅변학원이야말로 용기를 배우러 간 곳이었는데, 결국 용기마저 서예학원에서 배운 셈이 되었어요. 선우씨의 편지를 읽고 정말 오랜만에 見義不爲 無勇也, 이 글귀를 노트에 써봤는데요, 한 글자 한 글자가 새삼 가슴을 치며 좌우명으로 삼아도 좋겠다고 생각했습니다.

제가 요즘 '용기'라는 단어를 가장 자주 떠올리고, 용기를 끌어모으려고 애쓰는 곳은 지하철 안입니다. 이때의 제 마음을 형상화한다면 '앉을 좌座' 왼쪽 옆에 '말 언言'을 붙인 글자가 될 거예요. 앉아 있는 사람에게 말을 거는 형상인데요, 누군가에게는 처음 보는 낯선 타인에게 말을 붙이는 것이 별일 아니겠지만, 그게 뭐라고, 저에게는 "이 연사, 소리 높여 외칩니다!"급의 커다란 용기가 필요한 일입니다.

작년에 겪은 일인데요. 사람들로 꽉꽉 들어차 이리

밀리고 저리 밀려 서 있는 것만으로도 지치는 퇴근길 지하철에서 임산부석에 앉은, 누가 봐도 임산부일 리 없는 연배의 여성에게 진짜 임산부가 배지를 보여주며 "저 임산부인데요"라고, 누가 봐도 굉장한 용기를 쥐어짰을 목소리로 말을 걸었어요. 그랬더니 갑자기 눈을 감고 자는 척을 하더라고요. 임산부가 더이상 아무 말 못 하고 축 처져 서 있는 게 안타까워서 저라도 자는척쟁이 여성에게 뭐라고 하고 싶었는데, 진짜 그게 뭐라고, 말이 도저히 안 나오는 거예요. 열차가 두 정거장을 더 갈 때까지 마음속에서 웅변학원생의 자아와 서예학원생의 자아가 극렬히 싸우다가 자는척쟁이 여성이 잠시 눈을 떴을 때에서야 이분 임산부니까 빨리 자리 비켜드리라고 겨우 입을 떼는데, 손잡이를 잡고 있던 팔이 다 떨리더라고요. 그분이 저를 빤히 보다가 다시 눈을 감아버리는데, 그때는 용기라기보다는 성질이 나서, 칼을 뽑았는데 어정쩡하게 물러나면 더 무안하니까, "임산부 배지도 보여드렸는데 뭐하시는 거예요?"라고 강도를 높여 제 나름대로는 쏘아붙였는데요, 그가 화를 벌컥 내면서 말하더라고요.

"아유, 참, 나도 임산부였어요!"

헐, 이건 생각지도 못한 새로운 패턴인데……? 순간,

제대로 들은 게 맞는지 제 귀를, 적이 갑자기 휘두른 칼에 베인 것 같은 제 귀를 의심했습니다. "예전에는 임산부였지만 지금은 아니시잖아요"라는 지극히 당연한 말로 받아치는 게 고루하게 느껴질 정도로 너무나 신박한 그 말에, "우리는 모두 누군가의 딸이었다"라는 캐치프레이즈를 뒤집은 "우리는 모두 누군가의 엄마였다" 같은 그 선언에 말문이 막힌 나머지 일시정지된 저를, 기가 막힌 나머지 웃기 시작한 임산부가 괜찮다, 고맙다며 위로했어요. 그런 상황에서 끝까지 당차게 따박따박 따지지 못하는 제 성격이 너무나 속상했습니다. 그후부터는 지하철을 탈 때마다, 특히 퇴근길 그 시간대에 탈 때마다 지레 마음을 다잡습니다. 똑같은 일이 생기면 또 쫄지 말아야지, 이렇게 저렇게 잘 말해야지, 어떤 말을 들어도 당황하지 않아야지, 끝까지 따져야지, 다짐하고 또 다짐하면서요. 그래서 저는…… 효과를 보았을까요?

그후로 똑같은 일이 생긴 적이 없어 아직은 모르겠지만, 솔직히 여전히 자신은 없습니다. 올 초에 비슷한 상황이 있었는데, 그때는 제가 마침 근처에 앉아 있어서 임산부에게 자리를 비켜주는 것으로 조용히 넘어갈 수 있었거든요. 만약 앉아 있지 않고 서 있었다면, 임산부석에 앉아 있던 사람에게 뭐라고 할 수 있었을까요. 사실 임산부를 위한 가장 바람직한 상황은 임산부석에 애초에 아무도 앉지 않은 상태를 만드는 것인데, 이에 따른 저의 노력들은 여전히 너무나 소심하고 무력하기 짝이 없습니다. 지하철을 탔을 때 임산부석이 비어 있으면 그 앞에 일부러 버티고 서서 임산부석을 사수해보려고 하지만, 다른 데에 앉을 자리가 있다면 모를까, 그런 게 없는 지하철에서 그 상태로 네 정거장 이상을 넘긴 적이 근 2년 동안 딱 세 번밖에 없었습니다. 제가 아무리 좌석에 무릎까지 딱 붙이고 서 있어도 제 앞—무릎 위 빈 공간으로 일단 본인의 상반신부터 밀어넣어 공간을 점유한 뒤 저를 뒤로 자연스럽게 밀치며 앉거나, 아예 막무가내로 저를 옆으로 밀어내고 앉기 마련이에요.

거기에다가 "임산부석이니 앉지 마세요"라는 말을 저는 아직까지 단 한 번도 하지 못했어요. 그나마 그런 말을 겨우 할 수 있을 때는 앉으려는 사람이 버티고 선 저에게 "좀 앉게 비켜주세요"라고 먼저 말을 할 때뿐입니다. (이런 경우도 정말 많습니다. 다들 엄청 당당하게 말해요. 오히려 진짜 임산부들은 "저 임산부여서 그런데 여기 좀 앉을게요"라는 말을 정말 미안해하면서 조심스럽게 합니다.) 여기는 임산부석이니 안 된다고 말하면, '어차

피 지금은 아무도 안 앉았지 않느냐'라고 항변하며 몸으로 밀고 들어오는 점잖은(?) 경우를 제외하고, 임산부들이 '감히' 임산부석에 앉으려고 했다가 당한다는 핍박을 일부나마 경험할 수 있습니다.

가끔 임산부석을 비워놓을 필요가 없다고, 누가 앉아 있으면 임산부들이 가서 이야기하면 되는 거 아니냐고 해맑게 말하는 사람들에게, 임산부들이 임산부석에 앉기까지, 아니 결국에는 못 앉기까지 겪는 여러 불쾌하고 서러운 난관들을 골라 이야기해줍니다. 말이나 배지로 임산부라고 밝혀도 자는 척 못 들은 척 무시하는 사람들이 태반이고(그리고 이런 사람들은 양반이고), 무섭게 노려보는 사람, 욕설을 뱉는 사람, 한소리 늘어놓는 사람까지 다양하게 있다고요. 임산부는 뭐가 임산부냐, 5~6개월 돼서 배가 나와야 임산부지, 임산부석 없던 시절에도 다 애기 건강히 잘만 낳았다, 요즘 여자애들 유별나게 엄살떠는 거 같잖아 죽겠다, 네가 임신했어도 늙은 나/며칠 야근한 나/무거운 짐 많은 나(……'~한 나' 무한변주)보다 힘들겠냐, 그냥 살쪄서 배 나온 건데 임산부인 척하는 거 아니냐 등등, 별말을 다 듣는 경우도 많다고요. 이런 일을 한두 번 겪은 뒤론 앉아 있는 사람에게 차마 말 한마디 못 꺼내고 그냥 선 채로 힘겹게 지하철을 이용하는 임산부들이 정말 많다고요. 얼마 전엔 한 모임에서 이제 막 임산부가 된 분께 다른 분들이 그나마 2호선은 자리 비켜줄 확률이 높으니 조금 돌아가더라도 2호선을 이용하라는 정보 같은 걸 나누는 걸 보면서 이렇게까지 해야 하는 현실이 슬펐습니다.

지혜로운 사람이 되는 것도 좋고, 어진 사람이 되는 것도 좋지만, 저는 정말이지 용기 있는 사람이 되고 싶습니다. 물론 『논어』에서 공자님은 '지'나 '인'이 '용'에 우선한다고 생각하시는 것 같고, 저 역시 일견 동감하는 바이지만, 그래도 공자님이 21세기 한국에서 임산부로 환생한다면 생각이 바뀌실 거라고 생각합니다. 그런 의미에서 이 연사, 오늘의 편지를 마무리하며 소리 높여 외쳐봅니다. 우리에게는 군자비추, 공자에게는 임신강추.

2023년 3월 11일

김혼비 드림

기본적인 식사와 거주에서 만족을 얻지 못한다면

군자가 되어서 다 무슨 소용이죠?

제가 깜짝 놀라 분개하며 이 내용을 전했더니

김하나 작가가 이렇게 답하더군요.

"군자 너무 별론데? 그거 하지 말자, 군자비추."

그뒤로 군자비추君子非推는

우리집의 유행 사자성어가 되었습니다.

지혜로운 사람이 되는 것도 좋고,
어진 사람이 되는 것도 좋지만,
저는 정말이지 용기 있는 사람이 되고 싶습니다.
물론 『논어』에서 공자님은 '지'나 '인'이 '용'에
우선한다고 생각하시는 것 같고,
저 역시 일견 동감하는 바이지만,
그래도 공자님이 21세기 한국에서 임산부로 환생한다면
생각이 바뀌실 거라고 생각합니다.
우리에게는 군자비추, 공자에게는 임신강추.

황선우

×

인생 첫 장염 투병기

×

김혼비

공자에게 임신을 강추하는 혼비씨 편지를 읽으니 노경무 감독의 애니메이션 〈안 할 이유 없는 임신〉이 생각납니다. 남자가 임신할 수 있게 된 2030년 대한민국을 배경으로 한 블랙코미디예요. 천재 의학박사 김삼신은(이름 참 의미심장하죠) "아기가 많이 태어나려면 남자든 여자든 가임 인구를 늘리면 될 것 아니냐"며 저출생의 대책으로 남성 임신 기술을 개발합니다. 계속되는 시험관시술 실패로 지쳐 있던 강유진과 최정환 부부는 이 기술을 조심스럽게 시도해보기로 하죠. "임신 그거 내가 대신할 수만 있으면 했지~"라고 짐짓 아내를 위로해왔던 정환에게 남성 임신 기술 상용화는 내심 반갑지 않은 소식입니다. 말은 그렇게 하면서도 사실 힘들고 아픈 임신과 출산을 감내할 의향이 없었던 거죠. 그는 보수적인 가족 구성원들이 틀림없이 반대할 테니 그 분위기에 힘입어 임신할 위기를 쉽게 벗어날 수 있으리라 기대합니다. 하지만 웬걸, 이 결정에 양손을 들고 반기는 뜻밖의 인물이 있으니…… 바로 3대 독자 종손인 정환의 할아버지입니다.

"느그가 적은 나이도 아이고, 이제는 마 못 기다리겠다. 우리 최씨 가문이 또 그렇게 꽉 막힌 집안은 아니그든. 그리고 마 최씨가 최씨를 낳으면, 적통 중의 적통 아니가? 으하하하!"

누구보다 아들 아들 하는 경상도 시할아버지가 남성 임신에 찬성할 줄이야……? 가부장제의 핵심 인물이 더듬거리는 손짓으로 붙잡아 당긴 것이 여성 해방의 방아쇠라니……? 극과 극이 참신하게 통해버리는 인상적인 장면이었습니다. 공자님도, 제자들도, 동북아시아의 여러 씨족을 타고 대대손손 내려온 기타 등등 군자들도 적통으로 자기 자손을 줄줄이 낳아서 키우시는 아름다운 상상에 잠시 빠져봤네요. 꽤 힘들 테니 군자 육아휴직도 길게 쓰셔야 할 것 같아요.

혼비씨에게 지난 편지를 보내놓고 답장을 기다리는 동안, 저는 배탈이 났어요. 주말이라 병원에 가보지는 못했고 동거인 김하나 작가가 약을 사다줬는데, 증상을 들은 약사님 말로는 최근에 바이러스성 장염이 유행중이라더군요. 하루이틀 약과 죽을 챙겨 먹으며 앓는 동안 저를 지배한 감각은 '고통스럽다'보다는 '당황스럽다'였어요. 살면서 장염은 처음 겪었고, 평소에 체하거나 배앓이를 하는 일도 거의 없었거든요. 물까지 전부 토하고, 뭘 먹어도 거북스러워서 식욕이 사라지는 경험을 하면서 내 몸이 내 것 같지 않게 너무 낯설었습니다. 집의 보일러나 전기배선 같은 게 제대로 기능할 때는 아무 관심을 두지 않지만 고장이 나면 비로소 신경질적으로 의식하게 되는 것처럼, 나의 내장기관에 대해 예민하게 신경쓰게 됐어요.

얼마 전 서울시립미술관에서 열린 현대 미술가 키키 스미스의 〈자유낙하〉 전시도 떠올랐습니다. 혀부터 식도와 위장을 거쳐 소장 대장과 항문까지, 사람의 장기를 실제 크기와 길이의 주철로 제작해 그야말로 굽이굽이 주렁주렁 벽에 걸어놓은 작품이 있었거든요(〈소화계〉, 1988). 인간이 저 긴 내장과 그 속의 음식을 속에 품고 영양분을 얻었다가 찌꺼기를 배출하는 존재임에는 분명하지만, 저렇게까지 해부해서 적나라하게 바라보는 건 너무 냉소적이지 않나 생각했는데…… 웬걸, 먹은 걸 토하고 싸고 앓으며 누워 있는 나 자신은 소화계와 그 부속 껍데기 이상의 아무것도 아니었어요.

혼비씨는 잠들기 직전에 뭘 하나요? 저는 대체로 누워서 휴대폰을 들여다보며 맛집에 관한 정보들을 읽다가 잠들어요. 구글 지도에 저장도 해두고, 영어로 된 리뷰도 꼼꼼하게 읽고, 사진과 메뉴를 보며 맛을 상상하곤 합니다. 어떤 지역에서 북토크나 강연 요청이 올 때면 그 지역의 특산물이나 특이한 음식 메뉴, 가보고 싶던 식당을 먼저 떠올린 다음 행사 수락 여부를 결정하죠. (바빠서 일을 더 만들면 안 되는 기간임에도 불구하고, 성심당 튀김소보로가 먹고 싶다는 이유로 대전에 있는 서점의 북토크 제안을 수락한다거나, 꽃게살범벅이 생각나서 목포의 대학교 강연을 받아들이는 건 정말 논리적이고 합리적인 의사 결정 과정 아닌가요?)

맛집 레이더는 우리 동네 망원동부터 전국 각지뿐 아니라 도쿄나 뉴욕같이 몇 번 방문해서 친근한 해외 도시일 때도, 페루의 리마나 노르웨이 베르겐처럼 한 번도 가보지 않은 장소까지도 뻗어갑니다. 거기에 갈 계획과는 무관하게 그냥 그런 정보들을 들여다보며 알아두는 것이 즐겁습니다. 많은 사람들이 잠자리에 누워 지난 하루를 돌아보다가 오늘 그런 말은 왜 했을까, 이런 실수는 왜 저질렀나 후회한다고 하잖아요? 저는 대체로 내일은 뭘 먹을까 생각하다가 잠들곤 해요. 자고 일어나면 또 새로운 하루가 시작된다는 게 늘 감사해요. 새로운 음식과의 만남이, 열지 않은 초콜릿 상자 같은 가능성이 기다리니까요. 미래지향적인 편이죠.

그런데 배탈이 나니 미래고 뭐고 당장 내 현실이 너무 암울한 거예요. 스위치를 끈 것처럼 음식에 대한 욕망과 관심이 깜깜해지면서 삶의 큰 즐거움이 싹 사라졌습니다. 식욕과 함께 내 몸도 스위치가 꺼진 것 같았어요. 엔진

오일 갈 때가 지난 채로 1천 킬로미터쯤 더 주행중인 자동차처럼 몸의 여기저기가 무겁고 평상시 출력까지 힘이 제대로 올라오지 않는다고 할까요? 컨디션이 좋지 않은 채로 탁구를 치다가 뭔가 잘못됐는지 평소에 아무렇지 않던 오른발까지 아프기 시작했습니다. 침을 맞으러 간 동네 한의원에서 발의 통증을 설명하다가, 그전에 배 아팠던 이야기를 하다가, 왜 몸에 제대로 힘이 들어가지 않는지 모르겠다고 토로했다가, 이 모든 게 낯설고 당황스럽다는 하소연에 도달했어요. 친구이기도 한 원장님은 끄덕이며 들어주다가 이렇게 답하더군요.

"그럴 수 있어요, 한의학에서는 장염 같은 배탈이 나면 몸이 한 번 꺾인다고 보거든요."

혼비씨, 중요한 것은 꺾이지 않는 마음이 아니라 꺾이지 않는 몸이었어요. 제가 계속 내일을 기대하며 낙관적으로 살아온 건 대단히 의지가 강한 인간이어서가 아니라 꺾이지 않는 식욕 덕분이었던 거죠. 제 태도나 생각이 개방적이었다면, 많은 부분은 활짝 열린 혀와 위장으로 세상과 만나겠다는 자세에서 왔을 거예요.

정신이 신체를 지배하는가, 신체가 정신을 지배하는가에 대한 오랜 논란이 있죠. 제가 볼 때는 아무래도 더 아픈 쪽이 덜 아픈 쪽을 지배하는 것 같습니다. 첫 장염으로 아팠다는 이야기를 하니 주변에서 위로하기보다 놀라더군요. "아니, 장염이 처음이라고?" 심지어 놀람을 넘어 상대적 박탈감을 느끼는 듯 보이는 사람도 있었어요. 그럴 법도 합니다. 함께 굴을 먹은 다음날 노로바이러스에 감염된 동거인이 배를 붙잡고 데굴데굴 구를 때, 저는 그 괴로움이 뭔지 몰랐어요. 같이 여행을 다니던 친구가 과민한 대장 때문에 아침마다 불안한 얼굴로 화장실을 들락날락거릴 때, 저는 그 아픔이 뭔지 몰랐죠. 그들에게 충분한 공감과 위로를 주지 못했을 거예요. 이코노미클래스 좌석에 앉아 13시간 비행하는 동안 기내식 두 끼와 컵라면 한 개를 먹어도 속이 부글대는 게 뭔지 모른 채 식사와 식사 사이엔 숙면을 취하는 저였으니까요. 제 위와 장은 그동안 얼마나 큰 안락 속에서 탐욕을 부려왔는지조차 몰랐던 커다란 무지에 대한 벌을 받았나봅니다.

몇 주가 지났고, 저는 이제 많이 좋아졌어요. 배탈은 완전히 나아 다시 평소 먹는 식사량으로 돌아왔고, 체력도 서서히 회복되는 중입니다. 하지만 아픈 뒤로 뭔가가 달라진 것 같아요. 한의사 선생님의 말대로라면 몸에 생긴 '꺾임'이 매사에 어떤 과속방지턱 같은 걸 만들어놓은 것 같습니다. 일할 때 속도가 잘 나지 않고, 집안일을 조금 하고 나면 금세 눕고 싶고, 운동할 때 일정 심박수 이상으로는 격렬해지지 않아요. 하지만 이상하게 마음이 평온하기도 합니다. 좀처럼 아프지 않으면서 타인에게도 굳세기만 할 것을 요구하는 강인함과는 다르게, 이런 꺾임을 여러 번 반복해본 사람이 갖게 되는 내면의 단단함도 있지 않을까요? 내가 아프지 않을 때도 언제든 아플 수 있음을 알고, 어딘가 아픈 사람이 존재함을 알면 좋겠습니다. 타인의 고통을 잘 알아채고 도울 줄 아는 사람이 되고 싶습니다. 저같이 위와 장이 튼튼한 사람에게는 꽤나 어려운 일이지만 포기하면 안 될 것 같아요. 임신을 해보지 않아도 임신이 힘든 일이라는 걸 아는 것이, 사람다움일 테니까요.

2023년 3월 27일

황선우 드림

김혼비

×

세상이 우리에게 툭툭 던지는 농담들

×

황선우

안 그래도 선우씨가 아프다는 소식을 듣고 바로 전날 장염을 앓는 친구가 전화로 고통과 곤란을 토로했던 게 떠올라 무척 걱정되었습니다. "이번 장염은 정말 역대급이다……"로 시작한 친구의 이야기도 이야기였지만, 무엇보다 가슴을 철렁하게 한 건 친구의 목소리였는데요. 그 목소리를 듣는 내내 저는 '생생하게 힘없는'이라는 형용 모순적이고 낯선 표현을 처음으로 떠올렸습니다. 단지 힘이 없는 정도가 아니라, '힘없음'이 엄청난 기세로 왕성하게 퍼지고 퍼져 친구를 완전히 잠식한 것 같았달까요. 물론 다른 병(이 시대에 가장 보편적인 예를 찾아본다면 코로나)을 앓을 때도 사람의 존재는 육체 위에 겹쳐진 화질 나쁜 홀로그램처럼 금세 희미해지기 마련이지만, 뭐랄까, 장염바이러스는 좀더 노골적이고 과격한 방식으로(먹는 족족, 입으로 역행! 항문으로 급행! 3분 안에 몸속에서 아웃! 이런 식으로) 사람에게서 사람의 중심을 이루고 있는 단단한 심지를 송두리째 뽑아가버리는 느낌입니다. 그래서인지 선우씨 편지의 어떤 부분들은 글자 폰트가 6으로 된 글씨를 읽고 있는 듯 희미한 목소리로 들리는 것 같았어요. 지금은 한결 나아지셔서, 많은 사람들에게 커다란 기쁨을 안겨준 〈여둘톡〉 1주년 기념 공개방송도 성황리에 잘 마치셔서 정말 다행이에요.

저도 몇 년 전 태어나서 처음 걸린 장염으로 호되게 고생한 적이 있어(선우씨와 주변 반응이 똑같았어요. "아니, 장염이 처음이라고?") 그 생생한 힘없음의 상태에 더 이입했는지도 모르겠어요. 그전까지 저는 '입맛이 없다'는 말을 머리로는 이해해도 감각해본 적은 한 번도 없었는데, 식욕도 사라지고, 있다고 한들 먹을 수도 없고, 잘 자지도 못해 일주일 사이에 체중이 4킬로그램 가까이 줄며 순식간에 몸이 해파리마냥 흐물흐물해지더군요. (이 문장을 써놓고 한참 뒤에야 해파리가 입과 항문이 따로 구분되어 있지 않은 동물이라는 사실이 기억났는데, 장염의 속성을 둘러싼 무의식의 악취미적 농간이라고밖에는 설명이 안 되네요. 무의식 이 잔인한 놈.)

회사는 며칠 병가를 내었지만 오래전부터 예정된 북토크는 취소할 수 없어 약을 챙겨 먹고 남은 기력을 쥐어짜 겨우겨우 서점에 도착했을 때에는 어지럼증과 함께 눈앞에 별이 보이는 것 같았어요. 그때 제 머릿속에는 오직 이 생각밖에 없었습니다. '북토크 중간에 쓰러지는 일은 없어야 한다, 다른 곳이면 몰라도 최소한 여기서만은 절대 안 돼!' 물론 백주대낮에 픽 쓰러졌을 때 그럴 수도 있겠다고 비교적 주변의 이해를 받으며 자연스럽게(?) 넘어갈 만한 시공간이란 '갑작스레 맞닥뜨린 최애의 코앞'

정도밖에는 없겠지만, 특히 그날 그곳에서만은 절대 쓰러질 수 없었던 건 그 행사가 『아무튼, 술』로 여는 북토크였기 때문입니다.

다른 책이면 몰라도 주구장창 술 마신 이야기를 쓴 사람으로서 독자들 앞에 나선 자리에서 쓰러졌다가는 "역시 술을 그렇게 좋아하더니 저렇게 되는구나"라는 술꾼의 애잔한 말로로 귀결되거나 "어제 밤새 술 마시다 와서 술병난 거 아냐?"라는 술꾼의 무책임한 방종으로 오해를 받아, 안 그래도 좋지 않은 술과 술꾼들에 대한 부정적인 인식에 또하나의 보탬이 될까봐 두려웠어요. 쓰러진 다음에 "아니에요, 그저 장염일 뿐이에요! 심지어 장염 때문에 열흘 넘게 술을 못 마셔 제 핏속에는 알코올이 1마이크로그램도 없다고요!"라고 건강진단서를 흔들고 음주측정기를 불어대며 울부짖은들 무슨 소용이겠어요. 천만다행으로, 극도의 긴장상태에 몰리면 일부 극도의 내향인들에게서 생존본능처럼 발현되는 '긴장성 외향인 돌변증' 덕에 평소보다도 높은 텐션으로 무사히 잘 끝냈지만, 지금도 생각하면 가슴이 서늘할 정도로 아슬아슬한 날이었습니다.

그로부터 몇 년 후 저 서점과 같은 지역에 있는 도서

관에서 강연을 하는데 반갑게도 마침 저 날 오셨던 분들이 몇 분 함께 오셨길래 추억담처럼 그날의 속사정('장염'이랑 결합하니 말 그대로 진짜 '속사정'이 되어버린)을 털어놓았는데요. 그날 제 얼굴이 지나치게 창백하고 당장 주저앉을 듯 지쳐 보였는데, 정작 이야기를 시작하니 묘하게 하이텐션에 흥이 넘쳐서 '전날 과음한 게 분명하다'고 생각했다는 거예요! 충격. 감쪽같이 감췄다고 생각했는데. 그리고 역시 이럴 줄 알았어요! 『아무튼, 술』을 쓴 사람의 숙명으로 저의 행실에서 뭔가 눈에 띄는 점이 보이면 그 원인으로 '술'이 가장 먼저, 가장 유력하게 검토된다는 것을요. 피곤해 보이네?→어제 과음했나보다, 유독 파이팅 넘치네?→어제 과음했나보다, 목이 쉬었네?→어제 과음했나보다, KTX 타고 왔네?→어제 과음했나보다(이건 대체 왜?) 이런 식으로요.

그래도 어쨌든 몇 년 만에 오해도 풀고, 오신 분들로부터 "세상의 무해한 술꾼들을 위해 음주 에세이 더 써주세요!"라는 덕담도 들은 날이었습니다(저는 "우리가 아무리 애써도 쓸데없이 용산에 살면서 무속만큼이나 술을 사랑하시는 분이 술꾼의 이미지를 땅바닥에 처박아버려서 이제 글렀어요"라고 대답했지만요). 그러고 보니 선우씨와 편지를 주고받는 동안 술과 관련한 이야기는 한 번도 쓴 적이 없더라고요. 어쩐지 그건 좀 아쉽다는 생각이 들어 이번 편지에서는 술꾼의 인장을 찍어두는 기분으로 뭐라도 써야겠다고 마음먹자마자 떠오른 기억이 하나 있습니다. 사실 지난 편지에서 썼던 '지하철에서 끝내 내지 못하는 용기'와 맥락이 닿아 있는 이야기이기도 해요.

그날은 외부 미팅이 예상보다 빨리 성공적으로 끝나 신난 회사동료들과 근처에서 낮술을 마신 날이었어요. 며칠간의 야근-철야-야근 끝에 마신 술이라 그런지 오랜만에 비를 맞는 가문 논처럼 온몸이 술을 죽죽 빨아들여 짧게 마신 것치곤 취기가 제법 올랐는데요. 그날따라 친한 친구들이 옹기종기 모여 있는 단톡방에서 최근에 고양시 화정동으로 이사한 친구 하나가 번개를 쳤고, 그날따라 기적적으로 그 방의 여섯 명 모두가 가능해서 거의 2년 만에 한 명도 빠짐없이 한데 모이게 된 거예요. 사실 취기의 강도로 따지면 이른 귀가를 하는 게 맞았지만 오랜만에 모두를 한자리에서 꼭 보고 싶었던데다가, 제가 있던 도곡동에서 화정동까지는 지하철로 한 시간 넘는 거리이기는 하지만 갈아탈 필요 없이 한 번에 갈 수 있다는 점이 좋아서 망설임 없이 지하철에 올랐습니다.

마침 자리도 있어서 편히 앉은 채로 꾸벅꾸벅 졸고

있는데, 문득 기척이 느껴져 눈을 뜨니 제 또래쯤으로 보이는 한 여성이 제 앞에 서 있더라고요. 그런데…… 이분도 어딘가에서 약주를 하신 건지 눈 주변에 불콰한 기운이 살짝 돌면서 몸도 미세하게 휘청휘청하는 게 꽤 노곤해 보였고, 무엇보다 신고 계신 (요즘은 진짜 찾아보기 힘든) 하이힐도 버거워 보였어요. 평소였다면 바로 일어서서 자리를 내어주었을 텐데 그땐 저도 너무 힘들었거든요. 대신, 저는 화정역까지 한참 가야 하니 다른 사람 앞으로 가서 자리가 나기를 기다리시는 게 좋겠다고 꼭 말해주고 싶었습니다. 하지만…… 제가 그렇게 말을 붙일 수 있는 사람이었다면 제 인생은 지금과는 크게 달라졌을 거고, 그럼 지금 이렇게 선우씨에게 편지를 쓰고 있는 김혼비는 없었겠죠……

차마 말 걸 용기를 내지 못한 저는 친구에게 전화를 걸었습니다. 그리고 일부러 조금 크게 말했어요.

"나 지금 화.정.역. 가는 중인데. (친구: 응, 우리 다 너 기다리고 있어.) 아니, 화정역! 화정역으로 가고 있다고. (친구: ??? 안다고. 너 기다린다고.) 응, 알았어~"

하지만 전화를 끊고 얼마간 기다려도 그분은 미동도 하지 않았고, 저는 다시 마음이 분주해졌습니다. 못 들었을 리는 없는데. 곧 내리셔서 그런가? 잠깐, 혹시 화정역까지 얼마나 더 가야 하는지 감이 안 오시는 건가? 그래, 그럴 수 있어. 초행길일 수도 있고, 익숙한 길이어도 나처럼 전방위적 길치시라면 아는 역이어도 정거장 수로 환산이 바로 안 될 수도 있지.

그래서 저는 다시 전화를 걸었습니다.

"응, 난데. (친구: 또 왜.) 화정역까지 가려면 아직 열.일.곱. 정거장 더 가야 해. (친구: 알겠어, 천천히 와.) 열일곱! 열일곱 개 더 가야 한다고. (친구: ????? 알겠다고. 혹시 너 지금 멀리 온다고 유세하냐?) 응, 알았어~"

다행히 이번엔 통했습니다. 그분이 다른 곳으로 걸음을 옮기셨거든요. 그제야 마음이 편해진 저는 긴장을 풀고 잠시 머리를 벽에 기댄 채로 한숨을 돌렸는데, 누가 부르는 소리에 문득 정신을 차려보니 꽉 차 있던 좌석에 드문드문 빈자리가 보이고 바로 건너편에서 아까 그분이 의자에서 엉덩이를 살짝 뗀 어정쩡한 자세로 저를 부르고 있는 거예요. "저기요, 저기요!" "네?" "화정역이에요, 화정역!" 놀라서 고개를 돌려보니 열차가 막 화정역에 들어서고 있었어요. "아까 화정역에서 내리신다고……" "네, 맞아요. 정말 감사합니다!"

그러니까 어느새인가 푹 잠이 들어버린 저를 깨우러

그분이 다시 오신 거였어요. 황급히 가방을 챙겨 문 앞으로 다가가 서는데 자꾸 웃음이 나왔습니다. 아까 저분이 내 앞에 서지 않았다면 저분 앞에서 화정역까지 간다고 말했을 리도 없고, 그랬다면 꼼짝없이 역을 지나쳐 종점까지 가버렸을 텐데, 저분이 오늘 내 구원자였구나. 게다가 제 바로 앞까지 성큼성큼 다가와 깨우지는 못하고 건너편 의자로 슬그머니 옮겨온 뒤 선 것도 앉은 것도 아닌 애매한 포즈와 애매한 크기의 목소리로 저를 부르기까지 어떤 마음의 갈등을 겪고 어떻게 단계별로 용기를 냈을지 왠지 알 것 같아서(두세 정거장 전부터 저를 주시하며 이걸 어째야 하나 두근두근 고민했을 게 그려져서) 좀 뭉클하기도 했어요. 그런 기분에 취한 저는 문이 열려서 내리기 직전 그분을 향해 양팔을 크게 흔들어 힘차게 인사를 했……더라면 참 좋았겠지만, 순간의 주저함 탓에 팔을 뻗다가 만 채로 자동차 와이퍼처럼 양손을 쓱싹쓱싹 흔들었고, 거기에 살짝 당황한 그분 역시 정말 부자연스러운 각도로 오른팔을 들고 로봇처럼 손을 뚝딱뚝딱 흔들어주는, 내향형 인간들의 세상 어색한 작별인사 타임이 잠시 있었습니다……만,

이렇게 어떤 마음과 마음을 장난스레 이어붙여 세상

이 가끔씩 툭툭 던지는 유쾌한 농담들이 사람답게 살고 싶다는, 이왕이면 선하고 어진 사람으로 살고 싶다는 꿈을 계속 꾸게 만들어요. 그래서 누가 오해받기 쉬운 위험을 무릅쓰면서도 왜 술을 사랑하느냐고 묻는다면 이렇게 답하고 싶습니다. 술은 언제나 저를 조금 허술하게 만드는데, 허술한 사람에게 세상이 좀더 농담을 잘 던져서 그렇다고요.

2023년 4월 8일

김혼비 드림

중요한 것은 꺾이지 않는 마음이 아니라
꺾이지 않는 몸이었어요.
제가 계속 내일을 기대하며 낙관적으로 살아온 건
대단히 의지가 강한 인간이어서가 아니라
꺾이지 않는 식욕 덕분이었던 거죠.
제 태도나 생각이 개방적이었다면,
많은 부분은 활짝 열린 혀와 위장으로
세상과 만나겠다는 자세에서 왔을 거예요.

누가 오해받기 쉬운 위험을 무릅쓰면서도

왜 술을 사랑하느냐고 묻는다면 이렇게 답하고 싶습니다.

술은 언제나 저를 조금 허술하게 만드는데,

허술한 사람에게 세상이 좀더

농담을 잘 던져서 그렇다고요.

황
선
우

×

알프스의 할미꽃 두 뿌리

×

김
혼
비

혼비씨, 계절을 돌아 첫 편지를 보냈던 늦봄에 마지막 편지를 씁니다. 겨울옷을 정리해 넣고 가벼운 점퍼를 찾아 입었는데, 주머니에서 뭔가 이물질이 손에 잡혔습니다.

"예수 믿으세요. 예수 믿으면 천국에 가고 안 믿으면 지옥에 갑니다. 가까운 교회로… 구원받아 …국에 꼭 들어가시길…"

코팅된 스티커를 뜯어내면서 붙어 있던 부분이 찢기고 구겨져 글씨가 군데군데 사라진 종이였어요. '지옥' 글씨가 특히 무시무시해 보이는, 목소리로 치자면 귓전에 다 대고 쩌렁쩌렁 고함을 치며 위협하는 서체로 디자인돼 있었습니다. 그리고 '천국' 글씨에서는 하필 '천'이 사라지는 바람에 (뜨거운) 국에 들어가야 하게 생겼고요. 영문도 모르게 주머니에 들어 있던 이 쪽지를 보면서 떠오른 문장들이 있었습니다. 바로 고속도로를 운전할 때면 매번 마주치는 졸음운전 방지 문구들이에요. 형식과 내용, 서체 디자인에서 상당히 유사한 장르로 느껴집니다.

"졸음운전! 종착지는 이 세상이 아닙니다"
"졸면 뭐하노? 사고 날 낀데!"
"한 번의 졸음운전 평생고통 평생후회"

"깜빡 졸음! 번쩍 저승!"

전국 각지의 고속도로에서 마주치게 되는 흔한 졸음 운전 방지 문구들입니다. 각기 보는 사람을 이끄는 장소는 가까운 교회/가까운 졸음쉼터로 다르지만, 죽음에 대한 공포를 불러일으켜 어떤 행동의 변화를 촉구한다는 면에서 위의 종교 홍보물과 공통점이 있습니다. 운전하며 이런 경고 문구를 마주하고 소스라칠 때마다 정말 효과가 있긴 할까, 멀쩡하게 깨어 있던 운전자들의 평정심을 필요 이상으로 자극해 집중력을 오히려 흩어놓는 건 아닐까 궁금해지지만요.

참, 주머니 속 쪽지의 잔해는 지난해 가을 친구들과 동네 산에 올랐을 때, 공공표지판을 가리고 있는 불법부착물을 뜯어낸 것이었어요. 천국이 어떤 곳인지 종교의 믿음 체계 밖에 있는 저는 알지 못하지만, 적어도 현생에서 공공질서를 어지럽히는 안내문을 따라가야만 도착할 수 있는 장소 같지는 않아요.

얼마 전에도 살벌한 경고 문구들을 잔뜩 마주치며 고속도로 운전을 해서 부모님의 고향이자 제 본적지이기도 한 경상남도 하동에 다녀왔습니다. 가족들과 함께 식사를 하러 들른 식당에서 신기한 메뉴를 발견했어요. 이름 하여 '알프스 삼포 밥상'. 제가 아는 알프스는 볼이 빨간 소녀 하이디와 창백한 친구 클라라의 고장이며 〈사운드 오브 뮤직〉과 에델바이스의 지역입니다. 그곳의 특산물이라면 할머니를 위해 하이디가 옷장 속에 몰래 모으다가 딱딱해져버린 하얀 빵이 떠오르는데…… 대한민국 서부 경남 끝자락에서 알프스 밥상이라니? 또 삼포는 왜 등장하는 걸까? 알고 보니 지리산과 섬진강, 남해에서 나는 재료를 사용한 한정식으로 산과 강, 바다와 인접한 이 지역의 특색을 담은 메뉴라고 합니다. 지자체에서 전문 외식업체에 용역을 의뢰해 무려 5개월 동안 연구, 개발해 여러 식당들에 전수했다고 하는군요.

서울로 돌아와 나중에 검색해본 정보는 이 메뉴의 비밀에 그치지 않았습니다. 지역 예산과 민간자본 수천억 원을 들여 지리산 둘레를 도는 산악열차와 케이블카를 건설하고 휴양시설을 조성하는 '알프스 하동 프로젝트'가 기획되었다는 것도 알게 됐어요. 『토지』의 최참판댁과 '있어야 할 건 다 있고 없을 건 없는' 화개장터를 연결하는 거대 모노레일 프로젝트……! 게다가 한국에는 알프스가 정말 많더군요. 강원도 평창, 정선, 충남 서산, 충북 보은, 경북 문경, 울주 등의 지역이 저마다 알프스라는 별명으로 불리거나 적극적으로 한국의 알프스를 표방하고 있었어요. 갑자기 알프스란 대체 뭔가 하는 상념에 빠지지 않을 수 없었습니다.

알프스는 유럽에서도 여러 나라—프랑스와 독일, 이탈리아, 스위스, 오스트리아 등—에 넓게 걸쳐 있는 거대한 산악 지역인데, 우리나라에서는 이 좁은 땅덩이 안에 있는 각 지역들이 고도가 좀 높다는 이유로 저마다 알프스라는 이름과 엮이고 싶어하며, 보존보다는 개발의 근거로 사용합니다. 말하자면 한국에서 알프스란 뭔가 '산 중의 산' '산이 있는 곳 중의 최고' 이런 느낌으로 쓰이는 것 같습니다. (그런 면에서 다른 카테고리이지만 알프스만큼이나 자주 호명되는 이름은 '아이비리그' 아닐까요? 요즘은 아이비리그 스타일이라는 머리 모양이 유행한다고 하네요.) 알프스는, 하이디는, 클라라는 너무 먼 곳을 적극적으로 동경하고 무리해서 흉내내다가 일말의 공통점마저 지워버리고야 마는 이 K적인 욕망에 대해 알지 모르겠습니다.

이번에 하동에 간 건 윤달을 맞아 아빠 산소를 옮기는 일 때문이었어요. 양력보다 음력이 한 해에 11일 정도 짧기 때문에 점점 차이가 벌어지는데, 계절이 어긋나버리는 걸 막기 위해 간간이 윤달을 넣는다고 합니다. 덤달이라고도 부르는 이때는 평소와 다른 여벌의 시간이라 무슨 일을 해도 탈이 생기거나 부정을 타지 않는다고 해요. 그래서 수의를 만들거나 산소를 이장하는 등의 일을 몰아서 치르는 거죠. 재미있는 개념 아닌가요? 19년마다 7번의 윤달을 넣는다고 하는데, 뭔가 정확하게 여닫는 거대한 시간의 문을 슬쩍 열어두고 숨차게 쫓아오던 지각생들을 받아주는 신화 같은 느낌이 듭니다.

할아버지 할머니 산소 곁으로 아빠의 자리를 만들어 옮기고, 묘비 주변으로 잔디를 덮은 뒤 간단한 제사를 올렸습니다. 어릴 때부터 제사나 차례를 지낼 때면 가족의 끈끈함을 느끼곤 했어요. 절을 올리기 위해 무릎을 바닥에 대고 엎드려 잠시 기다릴 때, 어김없이 옆에서 코가 막혀 쌕쌕대는 숨소리가 들렸거든요. 서로 다른 듯해도 부정할 수 없게 닮은, 끈적하고 숨막히는 비염의 DNA를 공유한 존재들이 가족이었습니다.

해야 할 일을 다 마친 우리는 '알프스 삼포 밥상' 포스터가 붙은 식당에서 알프스에 아마 없을 참게 가리장과 알프스에 있을 리가 없는 재첩국, 알프스에 어쩌면 있을지도 모르지만 그들은 먹지 않을 것 같은 두릅과 엄나무

순 데침으로 식사를 했습니다. 아빠의 막냇동생인 작은아버지는 돌게장을 껍질까지 꼭꼭 씹어 드시더군요. 가족들을 오랜만에 만나면 그렇듯이 딱히 이야깃거리가 없던 차에 얼마 전 환갑을 맞으신 게 떠올라서 여쭤봤어요.

"삼촌, 게장 즐기시는 걸 보니까 아직 치아가 튼튼하신가봐요!"

"응, 다 임플란트지. 열네 개 했어. 삼촌은 임플란트가 이렇게 대중화되기 전에 시작해서 하나에 500만 원 넘게 들었다. 이게 이 자체보다 잇몸이 헐거워져서 문제가 되는 거야. 너도 미리미리 약 먹으며 잇몸 관리 잘해야 한다."

DNA의 많은 부분을 공유한 삼촌에게 잇몸약 추천을 받았습니다.

마대에 든 잔디를 다 꺼내서 덮었을 때, 검은 비닐봉지에 담긴 작은 흙더미가 옆에 남아 있는 걸 발견했어요. 고모부가 아빠 무덤가에 심겠다고 할미꽃 두 뿌리를 파서 가져오신 거였습니다.

"요즘은 할미꽃이 귀해졌는데, 꽃을 피우면 참 예쁘거든."

이날 새벽부터 돼지고기를 삶고 술과 과일을 챙겨온

엄마가 말했어요.

"느그 고모부는 참 다정하다."

잔디와 제사가 해야 할 일, 의무의 영역이라면 꽃은 하지 않아도 되는 일, 잉여의 영역입니다. 다정함이란 어쩌면 사람에게 필요 이상의 마음을 쓰는 일이겠지요. 혼비씨가 지하철 앞에 선 사람의 안색을 살피고, 그분이 소리쳐 혼비씨를 깨워주는 풍경처럼 말이죠. 이런 종류의 다정함이 하루에 하나씩 곁에 쌓인다면 저는 천국이나 알프스, 아이비리그를 그리며 살지 않아도 될 것 같습니다. 우리가 서로 편지를 보내지 않는 기간에도 분명 혼비씨는 그런 장소에서 지내고 있을 거란 믿음이 들어요.

여벌의 시간에 자리잡은 할미꽃이 뿌리를 잘 내렸는지 조만간 보러 가야겠습니다.

2023년 4월 25일

황선우 드림

김
혼
비

×

여름이야, 나가서 놀자→

×

황
선
우

봄비가 부슬부슬 내리고 봄과 밤이 손을 잡고 함께 깊어져가고 있는 시간에 마지막 편지를 씁니다. 정말 편지가 사계절을 돌았네요. 이제 다음주면 봄이 절정으로 치달았다가 여름에게 배턴을 넘겨주는 입하입니다. 입춘, 입추, 입동 무렵에도 늘 그렇지만, 여름을 그리 좋아하지 않는 저는 특히 입하가 다가올 때마다 입하가 入夏가 아니고 立夏라는 사실을 스스로에게 더욱 상기시키곤 합니다. 여름으로 별수없이 저절로 들어가는入 것이 아니라 여름의 한 부분이 되어 여름을 제가 만들어나가는立 것이라는 입하의 숨은(이라기보다 저 좋을 대로 해석한 것에 가까운) 의미를요.

평소에도 24절기 챙기는 일을 좋아합니다. 절기는 태양이 걷는 스물네 보의 발걸음이고, 그에 맞춰 정처 없이 흐르는 시간에 스물네 개의 매듭을 묶는 것이어서, 함께 걷는 것을 좋아하고 매듭짓는 것을 좋아하는 저에게는 무척 매력적인 개념이에요. 물론 절기의 의미를 되새기기에 좋은 최적의 장소를 찾아 최상의 음식으로 누가 봐도 그럴듯하게 챙기지는 못합니다. 태양이 직장인들을 위해 주말이나 휴가철에만 결정적인 한 걸음을 내딛지는 않으니까요. 최적의 장소들은 대개 자연을 찾아가야 하고 최상의 음식들은 대개 제철 식재료를 구해 만들거나 만들어

파는 곳을 찾아가야 하는데, 그럴 여유와 여력이 없을 때가 많아서 자주 편법을 씁니다. 『다정소감』에도 썼던 것처럼 '하지에는 맥주와 감자칩!'을 챙기거나 야근하느라 밤늦게 회사에서 풀려난 어느 동지에는 '비비빅에 흑맥주!'를 챙기는 식으로요. 각 절기마다 일삼아온 편법들을 모아서 책으로 낸다면 누군가는 "매 절기가 갖는 깊은 의미는 휘발된 채 요식으로 행위만 소비하는 어느 현대인의 얄팍함에 대한 사례집"이라고 한탄할지도 모르겠습니다. (그런 책을 쓸 리도 없지만 만약 한탄하는 사람이 있다면 그렇게라도 절기를 되새기고픈 절박한 심정을 아시느냐고 항의하겠어요.)

당장 최근에도 그랬습니다. 곡우에는 와인 이름도 '빗물'이고 와인 라벨 그림도 흘러내리는 빗물을 형상화한 스페인 와인 아다라스-유비아(lluvia, 스페인어로 '빗물')를 마시고, 청명에는 청명주와 봄나물을 먹은 뒤 별러왔던 화분 분갈이를 하고, 올해 춘분에는 춘분을 세상에서 가장 성대하게 보내는 멕시코 사람들과 함께한다는 의미를 '갖다붙여' 데킬라에 타코를 먹고(이 '의미 갖다붙이기'가 절기 챙기기의 가장 재밌는 포인트 같습니다. 엉뚱한 결론에 닿기도 하고 생각지도 못한 확장에 이르기도 한다는 점에서요. 하지가 감자칩과 만나고 춘분이 타코와 만나는 무한 변주!) 밤목련 산책을 한 것은 그나마 퇴근 후 짧은 절기 이벤트로 괜찮았는데요. 문제는 경칩이었습니다.

그날 일이 한꺼번에 몰려 야근까지 하는 바람에 원래 계획했던 '경칩에 팬케이크 먹기'를 할 수 없게 되었는데요. (경칩과 팬케이크의 관계는 설명하기 긴 관계로 일단 넘어가겠습니다.) '이렇게 넘어갈 순 없다, 경칩을 맞이하는 퀵퍼포먼스라도 해야 한다!'는 저의 강력한 주장을 진지하게 받아준 고맙고 허술한 동료 덕에 퇴근 후 주차장에서 둘이 약 45초간 경칩맞이 개구리뛰기를 했습니다. 쭈그려 앉았다가 위로 펄쩍 뛰며 앞으로 한 걸음씩 나아가는 식으로 친구의 차까지 가기로 했는데 막상 시작하니까 너무 웃기더라고요. 경칩에 뭐라도 하겠다고 밤 11시에 콘크리트 바닥 위에서 개구리처럼 뛰어다니는 중년들이라니 뭔가 애잔하지 않습니까……

그래도 이왕 하기로 한 거 웃음을 애써 삼키고 둘이 동시에 펄쩍펄쩍 뛰며 중간까지 갔는데, 갑자기 친구가 저를 돌아보며 "근데 나 지금 이걸 왜 하고 있는 거야…… ?"라고 현타가 온 듯 중얼대는 바람에 둘이 쭈그려 앉은 자세로 낄낄대느라 더이상 진행할 수 없었어요. "언니, 그래도 앞으로 경칩마다 오늘이 생각날걸요?!"라고 호언장담하듯이 말했는데, 저는 정말로 그럴 것 같았습니다. 오늘은 얼마든지 그냥 지나쳐 흘러가는 아무 날도 아닌 날이 될 수도 있었는데, 45초 만에 기억할 만한 날이 되다니. 이렇게 저의 절기(편법)일기에 하나가 또 추가되었습니다. 경칩에는 친구와 함께 개구리뛰기! 역시 계절이란 제가 그 시공간으로 그냥 들어가는 것이 아니라 만들어 나가는 것인가봅니다.

선우씨의 편지는 저에게 또하나의 절기였습니다. 한 달에 한 번씩 어김없이 돌아오는 즐거운 이벤트요. 절기를 기준으로 만든 달력을 절기력이라고 한다면 이건 '선우력'이라고 말할 수도 있겠습니다. 특히 선우씨의 '문제의 세번째 편지'부터 선우력을 십분 활용하기 시작했는데, 마침 그 시기에 번아웃 증상이 심해지는 바람에 받게 된 상담에서 선생님이 '쉴 때 너무 집에만 있으려 하지 말고, 한 달에 한두 번은 일부러라도 바깥에서 새로운 자극들을 받아보면 좋겠다'고 권유했어요. 축구를 보거나 자전거를 타거나 산책을 하는 것도 물론 좋지만 그것은 이미 혼비씨가 일상에서 자주 해왔던 익숙한 자극들이니, 축구를 보는 대신 매번 프로그램이 달라지는 전시회에 가서 새로운 시각적 자극을 받거나 자전거 대신 춤 같은 새로운 걸 배워 새로운 근육을 써보거나 산책을 하더라도 새로운 공간에 가서 해보라고요. 그때 제가 선우씨를 떠올린 건 어쩌면 당연했습니다. 제가 평소 선우씨에게 본받고 싶었던 점 중 하나가 굉장히 바쁜 일정 속에서도 수영을 배우고 꽃꽂이를 하고 리코더를 연습하고 좋은 전시나 공연을 꼭 챙겨보는 바지런하고 흔들림 없는 여유였거든요.

저 역시 항상 보고 싶은 전시나 듣고 싶은 강의가 한가득이면서도, 여유 시간이 생기면 결국 집에 눌러앉아 책을 읽는 가장 편리하고 게으른 선택을 하고 맙니다. 늘 생각하지만 저는 집을 지극히 좋아하고(재택근무하던 시절 '링피트'로 홈트레이닝까지 가능해지니 거의 70여 일을 현관문 밖으로 한 발짝 나가지 않고도 전혀 답답함을 느끼지 않는 걸 보고 전 정말 '찐'집순이라는 걸 깨달았습니다. 전생에 가구였나봐요.) 무엇보다 게을러서 책 읽는 취미가 저절로 생긴 것 같아요. 책은 그냥 손만 뻗으면 얻을 수 있는 모든 것이니까요. 사실 전시나 공연까지 갈 것도 없이 코로나가 겹치면서 (지금은 아니지만 이 생각을 하던 시점인 작년 8월 말에는) 최근 3년간 영화관에도 한 번 간 적 없으니 말 다했죠.

여기까지 생각이 미치자 한 달에 한 번 선우씨의 편지를 받을 때마다 그것을 알람 삼아 '나가서 하는' 문화생활(?)을 한 가지씩 해보면 어떨까 하는 생각이 들었습니다. 절기마다 절기에 어울리는 술과 할 일을 의식처럼 준비하듯이요. 한 달에 한 번이라는 주기성도 이 계획에 아주 적절했지만, 그런 동력을 불어넣는 사람으로서 선우씨는 존재 자체로 더할 나위 없었어요. 게다가 이런 마음을 조금씩 먹어가고 있을 즈음, 선우씨의 '문제의 세번째 편지'가 도착했는데, 혹시 무슨 편지였는지 기억하세요? 바로 선우씨가 지난달부터 탁구를 배우기 시작한 이야기가 토동토동 튀는 탁구공처럼 경쾌하게 펼쳐지는 편지였어요.

놀랐습니다. 아니, 이런 타이밍에 이런 편지라니? 마치 제가 지금 무슨 고민을 하고 있고 무엇이 필요한지를 훤히 다 파악하고 쓰신 듯한(선우씨는 전생에 알고리즘이셨나요?) 그 편지는 상담을 다녀온 후부터 마음 한켠에서 조금씩 타오르기 시작한 불씨에 기름을 들이부었습니다. 결정타가 되었어요. 이제 제가 왜 '문제의 세번째 편지'라고 부르는지 아시겠죠? 그 편지에 대한 저의 답장을 〈주간 문학동네〉에서 읽은 대부분의 친구들이 '네가 힘들다는 속내를 그렇게 확 드러내는 글을 써서 놀랐다'

라고 말했는데, 이런 전후 맥락에서 튀어나온 속내였습니다. 문제의 편지가 제 마음을 휘저으며 방어벽을 조금 무너뜨렸던 것 같아요. 그렇게 선우씨의 편지는 일종의 절기가 되었고, 하다못해 개구리뛰기라도 하겠다는 마음으로 매달 다짐을 지키려고 노력했습니다.

세번째 편지를 받고 몇 년 전 영상작품과 저서들을 보고 신선한 충격과 영감을 받았던 히토 슈타이얼의 전시를 두번째 다녀왔고, 네번째 편지를 받고 몇 년을 벼르기만 했던 '경복궁 별빛야행'에 가서 가을밤 궁 산책을 여한 없이 했고, 다섯번째 편지 이후 좌 윤가은, 우 서효인이라는 신나는 조합으로 사랑하는 친구들과 목포여행을 다녀왔고, 여섯번째 편지 이후 조각가 문신 탄생 100주년 기념 특별전을, 일곱번째 편지 이후 뮤지컬 〈마틸다〉와 3년 만에 간 영화관에서 〈슬램덩크〉를, 여덟번째 편지를 받고 마우리치오 카텔란 전시를 보고 왔습니다.

지난달이었던 아홉번째 편지, 이때가 좀 아슬아슬했어요. 일정이 갑자기 꼬이는 바람에 결국 계획해놓은 아무 곳도 못 갔지만, 대신 그 시간에 다르덴 형제 영화들을 죽 이어서 보는 자체 특별전을 가졌습니다. (영혼까지 바짝 소름이 돋을 정도로 충만한 하루였어요.) 그리고 선우씨의 열번째 편지를 받고 사흘 후인 엊그제는 상영관이 몇 개 남지 않아 다른 동네로 원정까지 가서 〈킬링 로맨스〉를 산뜻하게 보고(올해만 벌써 영화관을 두 번이나 가다니! 그중 하나가 〈킬링 로맨스〉라니!) 두릅 튀김에 두릅 솥밥을 먹고 공원을 한참 걸었습니다. 테두리는 여전히 몸을 으슬하게 할 정도로 쌀쌀한데 중심부에서는 후덥지근함이 느껴지는 복잡한 늦봄의 바람을 맞으며 집으로 돌아오는 길에 생각했어요. 이제는 어느 정도 코로나 이전의 일상 리듬을 찾은 것 같다고, 그리고 어느 정도 번아웃에서 벗어난 것 같다고요.

회복의 한 절반쯤 왔을까요. 여기에는 꾸준한 상담과 복약, 저의 의지, 주변의 많은 배려 등이 복합적으로 작용했겠지만, 매달마다 어서 나가 놀다 오라고 제 등을 힘껏 밀어준 선우력과 어떤 상황에서도 여유 있게 삶을 챙기는 선우씨의 모습이 늘 담겨 있는 편지의 힘이 아주 컸습니다. 우리의 편지는 여기서 멈추지만 편지를 주고받는 동안 되찾은 이 리듬 속에서 남은 절반도 잘 걸어갈 수 있을 것 같아요. 하다못해 개구리뛰기라도 하면서, 이제 곧 시작될 여름도 제가 잘 만들어나가면서요. 마지막 편지에서는 이 이야기를 꼭 하고 싶었어요.

한 시절 저의 든든한 절기가 되어주셔서 감사합니다.

2023년 4월 30일

김혼비 드림

다정함이란 어쩌면 사람에게
필요 이상의 마음을 쓰는 일이겠지요.
혼비씨가 지하철 앞에 선 사람의 안색을 살피고,
그분이 소리쳐 혼비씨를 깨워주는 풍경처럼 말이죠.
우리가 서로 편지를 보내지 않는 기간에도
분명 혼비씨는 그런 장소에서 지내고 있을 거란
믿음이 들어요.

회복의 한 절반쯤 왔을까요.

매달마다 어서 나가 놀다 오라고

제 등을 힘껏 밀어준 선우력과

어떤 상황에서도 여유 있게 삶을 챙기는

선우씨의 모습이

늘 담겨 있는 편지의 힘이 아주 컸습니다.

한 시절 저의 든든한 절기가 되어주셔서 감사합니다.

작가의 말

황선우의 말

1년 동안 '편지 쓰는 사람'으로 살았다. 다른 글도 쓰면서 지냈고, 글쓰는 것 외에 다른 일을 더 많이 했으며, 편지를 쓰는 날은 한 달 중 며칠뿐이었는데도 이상하게 지난 1년은 그 상태로 쭉 지냈던 것 같다. 혼비씨, 하고 띄우는 운은 참 신기해서 그렇게 문장을 열면 딱히 글이 되지 못할 것 같던 사소한 일화나 휘발될 감정들도 편안하게 적어내려갈 수 있었다. 겪으면서 재미났던 일들은 "무슨 일이 있었는지 알아요?" 하며 혼비씨를 웃기고 싶어 일부러 기억해두었고, 겪을 때는 고약했던 일들도 편지에 써서 혼비씨에게 종알종알 일러바칠 수 있다는 생각을 하면 웃어넘길 수 있었다. 소식을 띄워 보내고 답장을 기다렸다가 기쁘게 받아 열어보는 일이 한 달에 한 번씩이니 시간의 흐름이 더 명료하게 느껴졌다. 여러 통의 편지가 쌓이는 동안 계절이 몇 번 바뀌었다.

다만 즐거운 일들을 주로 쓰자고 마음먹었는데 꼭 그렇게 되지는 않았다. 우리가 편지를 주고받는 사이 편지 저편 '혼비씨'가 앉아 있는 배경에서 바람이 불고 눈이 내리고 꽃이 피었다가 졌다. 시간이 사람에게 하는 일이 그 사이 어김없이 우리에게도 일어났다. 풍경 사이로 끊임없이 일상의 피로를, 해결되지 않는 문제들을, 늙음과 죽음을, 죽은 사람들에 대한 생각을 흘려보내는 것 말이다. 누구나 마음속에 태풍을 안고서 잔잔하게 살아가듯 그 모두를 품고도 되도록 명랑한 소식을 전하려 애썼지만 실패하기도 했던 것 같다. 그럼에도 스스로를 덜 검열하고 덜 재촉했던 건 모니터 저편에서 기다릴 수신인의 존재 덕분이었다. 무엇을 써 보내더라도 사려 깊게 읽어줄 혼비씨가 있어서였다. 편지 쓰는 사람은, 편지를 기다리는 사람을 떠올리면 더 잘 지낼 수 있는 사람이었다. 그리고 나는 당연한 사실을 다시 깨달았다. 다만 이 사람의 안부와 안녕을 묻는 일이야말로 편지의 처음이자 끝이고 전부라는 것을.

우리의 1년이 끝났는데도 나는 자꾸만 혼비씨, 하고 말을 걸고 싶어진다.

2023년 초여름

황선우

김혼비의 말

세상에 쉽게 쓸 수 있는 글이란 없지만, 내가 유독 쓰기 어려워하고 힘들어하는 종류의 글이 있는데 그중 1등은 단연 편지이다. 어느 정도냐면, 받기만 하는 처지에 놓이느니 차라리 주기만 하는 처지에 놓이는 게 마음이 훨씬 편할 만큼 전자의 상황을 극도로 두려워하며 기를 쓰고 피하는 내가 편지에 있어서만은 받기'만' 하는 뻔뻔한 사람으로 20년 넘게 살아왔을 정도다. 살면서 그 흔한(?) 연애편지 한 번 써본 적 없고, 연애편지에 답장을 써본 적도 없으며, 가끔 연인이나 친구들이 (내가 하도 답장을 안 쓰니까 희귀템을 모으는 느낌으로) 편지를 요구하면 "제발 그것만은…… 내가 다른 걸로 진짜 잘할게. 뭐 필요한 거 없어?"라고 읍소하곤 했다. 그런 내가 이렇게 열 통의 편지를 쓰다니 놀라운 일이다. (몇몇 친구들은 "이야, 너한테 편지를 받으려면 계약을 해야 하는 거구나?"라고 마구 놀렸는데 맙소사, 나는 정말 자본주의의 쓰레기다……)

더 놀라운 것은 초반에는 (목탁이 필요할 정도로) 조금 헤맸지만 시간이 갈수록 점점 편지 쓰는 일이 정말 즐거워졌다는 것이다. 이래서 편지를 쓰는구나. 다들 이런 마음으로 썼겠구나. 편지를 쓴다는 것은, 쓰는 동안만이 아니라 쓰기로 마음먹은 그 순간부터 편지를 받을 상대방을 계속 생각하게 되는 일이라는 걸 이번에(이제서야!) 알았고, 떠올릴 때마다 웃음과 기운이 나는 사람을 자주 생각하는 게 얼마나 삶을 즐거운 방향으로 이끄는지를 새삼 온 마음으로 느낀 1년 남짓의 여정이었다.

이 모든 걸 경험하고 알 수 있게 해준 황선우 작가님께 정말 감사하다. '당연히 최선을 다하겠지만 죽을 만큼 최선을 다하지는 않는 것'을 실현하는 여러 방법이 있을 텐데, 그중 '함께 나눠서 하는 것'도 있다는 것을, 꼭 물리적인 몫의 나눔이 아니더라도 함께 꾸준히 일상을, 웃음을, 마음을 나누는 것도 있다는 것을 앞으로도 잊지 않으려고 한다.

2023년 초여름

김혼비

최선을 다하면 죽는다

1판 1쇄 2023년 6월 7일
1판 2쇄 2023년 6월 16일

지은이 황선우 김혼비

기획·책임편집 이연실 | 편집 염현숙
디자인 최윤미 이주영 | 손글씨 황선우 김혼비
마케팅 정민호 박치우 한민아 이민경 정경주 정유선 박진희 김수인
브랜딩 함유지 함근아 김희숙 고보미 박민재 정승민
저작권 박지영 형소진 오서영
제작 강신은 김동욱 임현식 | 제작처 영신사

펴낸곳 (주)문학동네 | 펴낸이 김소영
출판등록 1993년 10월 22일 제2003-000045호
주소 10881 경기도 파주시 회동길 210
문의전화 031) 955-2689(마케팅) 031) 955-2651(편집)
팩스 031) 955-8855
전자우편 pro@munhak.com
문학동네카페 http://cafe.naver.com/mhdn | 트위터 @munhakdongne
북클럽문학동네 http://bookclubmunhak.com

ISBN 978-89-546-9350-9 04810
978-89-546-8096-7 (세트)

www.munhak.com